Anni Novanta / Feltrinelli

Brett Shapiro
L'intruso

con corrispondenza scelta di Giovanni Forti

Prefazione di Rossana Rossanda

Traduzione di Marina Astrologo

Feltrinelli

Traduzione dall'inglese di
MARINA ASTROLOGO

Prima edizione in "Anni Novanta" settembre 1993

ISBN 88-07-12009-7

Prefazione

di Rossana Rossanda

Questa è una storia d'amore della fine del nostro secolo. Per imponente che sia in essa la presenza d'un male come l'Aids, che ancora significa morte, non è la storia di un'agonia, e per pungente che sia l'evocazione d'un giovane uomo che in molti abbiamo conosciuto, non è un ritratto. È la narrazione d'un rapporto amoroso che ha dato e ha chiesto, e non può separare i due momenti neanche quando il dare dell'uno all'altro prevale perché in tutti e due l'amore resta bisogno.

Brett Shapiro e Giovanni Forti si incontrano nel 1990 in apparente parità. Ambedue hanno perduto un compagno, e non perché malato, ma perché una passione può finire. Ambedue hanno un figlio, che per non essere di sangue è ancora più figlio, voluto e conquistato. Ambedue sono intellettuali in un momento di solitudine, forse per Brett più consueta, per Giovanni frutto della fine d'una giovinezza molto impegnata nella relazione politica, e non esaurita nel successo professionale. Brett è americano, Giovanni un italiano un poco a parte dalla comunità della stampa estera a New York – un mondo dal quale qualcosa lo ha separato. Brett non è malato e Giovanni è convinto di non esserlo.

È sieropositivo ma non malato, o così crede. Crede che non lo diventerà mai. Dovesse essere l'unico, il primo, sarà il primo a scampare dalla sieropositività, pensa e dice. Certo non è stato il solo che, già ammalato, così credesse: se per tutti è a rigore impensabile la propria fine, nell'Aids — sorniona, lenta, assurda nell'origine, tortuosa nelle remissioni – l'io strutturato tende realmente a ritenere che le difese immunitarie (in che cosa consistono, come si collocano fra materialità e psiche, quale idea di corpo suggeriscono?) siano una zona nella quale la coscienza può giocare. Così Giovanni, quando cerca e incontra Brett, vuole amare ed essere amato "per sempre", come l'amore sempre dice a se stesso. E se dichiara subito il suo stato a Brett, è per limpidezza più che per precauzione o timore; che Brett lo accetti con tenerezza diventa un legame in più, un comune segreto, una specificità vitale del loro rapporto.

La dissimmetria si mostrerà presto ineludibile. Giovanni ha rilanciato per la vita, continuerà a farlo anche quando già starà molto male, e Brett se ne avvede per primo. L'uno si crede contro ogni evidenza asintomatico, l'altro non può ingannarsi. Ma come dirselo? Lo sguardo fra i due non è più paritario. Né è più paritaria la reciproca domanda, l'attesa.

Giovanni prenderà atto, riluttante, del suo sfinimento, d'una diminuzione che non si fa più recuperare, e tardi gli si delinea la fine; non sa quando ma orrendamente anzitempo – anzitempo, anzitempo, ossessivamente si ripetono i due ragazzi nella convinzione che per i vecchi diminuzione e fine essendo "naturali" siano "accettabili". Ma da quel momento Giovanni scivola nella solitudine di chi sente di non poter comunicare l'essenziale – il fatto che si sente morire – a un vivo, come tutti i vivi spropositatamente ricco e ottuso e dissipatore di quella vita che a lui sfugge come acqua dalle mani. Di colpo il credito del malato nei confronti del mondo appare infinito, il mondo sempre gli manca, è sordo, inadeguato. A lui non resta che il silenzio, non perché non ci sarebbe nulla da dire, tutto sarebbe da urlare, ma perché nessuno può realmente sentire. Da allora c'è in Giovanni per Brett, che lo accudisce come nessuno, un misto di amore, ma appannato come si appanna la vita, e di irritazione e di pietà, perché lo vede soffrire, nell'immensa fatica e la vede insufficiente (tutto è insufficiente, si dice il malato, nulla basta, altro forse si poteva fare).

E Brett capisce, sente. L'affondare di Giovanni in un male che nulla risparmia al corpo e quindi la priorità che il corpo squassato prende nella sua coscienza, significa non solo che sta perdendo l'uomo che ama, ma che lui, Brett, è sempre più perduto per Giovanni, occupa sempre meno spazio, dunque è sempre meno significante per l'altro e, come avviene quando si ama, restituito quasi con una cancellazione a se stesso. Che cosa cerchiamo nell'amore se non la rassicurazione: tu sei essenziale per me, devi esistere perché senza di te io non sarei? Questo sana la nostra incertezza. Brett non può non cercare questa risposta, perché non è un assistente, è un innamorato, e finché un barlume di luce resta ha bisogno che gli venga ripetuto. A costo di battere la testa al muro, quasi negli ultimi giorni lo interpella disperato: "Io sono qui con te, vero che ti sono necessario?" Da Giovanni verrà, lontano ma netto: "No". È la sola risposta vera, ma per un amante è quella tremenda, demolitoria. Quale che sia il rimedio che lo psicanalista di turno cercherà di somministrare. Chi sta morendo si aggrappa, come la conchiglia allo scoglio sotto la mareggiata, a quell'io primario che è la percezione dell'essere venuto a essere in vita prima di ogni relazione, dopo ogni relazione con l'altro. In questa zona originaria e forse ultima l'altro non c'è.

E Brett precipita nella solitudine dei vivi. In nessun momento – questa è la sua forza di uomo e scrittore – nega la frustrazione, si riduce a una mano pietosa, si soddisfa nell'oblatività: Brett critica, protesta, si dibatte, esige che la scommessa fatta assieme, di essere assieme per sempre nel bene e nel male, sia rispettata quando il male arriva. Via via che Giovanni gli viene meno, dapprima nella divisione dei compiti della vita comune, nell'occuparsi dei figli, poi nell'attenzione o nella passione o anche soltanto tenerezza dei corpi, infine nel tempo, quello scivolare del malato nel sonno, sempre più ore di sonno come un andar via, sottrarsi in un suo recinto, Brett soffre ma anche si infuria. Giovanni pretende di esorcizzare il male rilanciando nel sogno: vuole un altro figlio, vuole tornare a Roma, vuole una casa, restando inteso che Brett e Zach vengano con lui, rompendo ogni legame con il loro mondo. Brett esorcizza il male col principio di realtà: risponde a Giovanni come a una persona intera, viva, dotata di responsabilità, rimproverandolo di volere troppo e non dare abbastanza, scrollandolo da quel lasciarsi andare, che è realmente il cedere anche dell'amore a un'indicibile fatica.

In questo racconto, che è anche racconto d'una ricchezza compartita, le pagine strazianti non sono quelle della fine, ma quelle del matrimonio. Tutti e due l'avevano voluto e non come provocazione, conoscendo Giovanni, certo anche per una punta di questo, ma come una svolta verso una comunità di esistenza piena, sigillata dal rito. Non è facile ottenerne la celebrazione, e quando finalmente vi si arriva, Giovanni sta già così male che l'essenziale è reggersi in piedi in quel che doveva essere una cerimonia stracarica di simboli e valori reciproci. Reggersi con disinvoltura e un sorriso fin che, nella confusione dei rallegramenti, può defilarsi nel primo vano possibile lì accanto e piombare nel sonno su un divano, solo, per recuperare. E poi la notte al Carlyle, la luna di miele teneramente e scherzosamente prevista e preparata, con Giovanni sfinito dalla fatica, Brett dalla tristezza e il desiderio, tutti e due attenti l'uno all'infinita povertà dell'altro. Se questo non è amore.

Dopo, la parte più difficile con se stesso toccherà a Giovanni, la più difficile con l'altro a Brett. Già perduto, Giovanni vuole adottare un altro figlio perché avrà di meno il suo, che dovrà vivere parte del tempo con la madre. Sogna anzi una bambina, l'altro sesso che è fondamentale in tutta la sua esperienza affettiva fuorché nella sessualità. Tocca a Brett dirgli che non può, che non è in grado di dare a se stesso e a una creatura che gli sarebbe affidata un progetto per il futuro. È come assestare un colpo, e Giovanni lo avverte non senza qualche risentimento, come ogni volta che fa progetti. Per New York o per Roma, quasi a sfidare l'altro, e obbligare Brett o la madre a dirgli che no, non può essere. Terribile da dire, terribile da sentire. Anche questo è amore, quel che mena colpi e li riceve.

Ma se l'amore ne è il paradigma eterno, la storia di Brett e Giovanni appartiene a questo cadere del secolo. Certo anche perché vi domina l'Aids, che vent'anni fa non conoscevamo, morbo invincibile e per di più legato a una trasgressione imperdonata – anche Giovanni la percepisce così, e ne è colpito due volte: nell'idea d'una illimitata possibilità di salvezza, e in quella d'una illimitata libertà della persona. Fra dieci, venti anni, l'Aids cesserà di essere invincibile, diversi saranno i percorsi, e un archeologo daterà senza errore una vicenda come questa.

La sua precisa iscrizione nel tempo va assai oltre la malattia. Brett e Giovanni sono ambedue figli del 1968 in Occidente, e soltanto del 1968. Quell'anno toccò anche altre generazioni, colorandole di sé, ma già erano e sarebbero rimaste altre. Per molti ragazzi, soprattutto studenti, già emancipati dai legami dei padri, il 1968 fu la porta spalancata alla ricerca d'un altro senso, in una illimitata sperimentazione che era riconquista in primo luogo del sé. Non è stata una generazione eminentemente rivolta con lo sguardo al mondo, eminentemente solidale, a differenza delle generazioni politiche che l'avevano preceduta. Il suo viaggio somiglia più a quello del principe Tamino nel *Flauto Magico*, senza un Sarastro e senza un oggetto da conquistare che non sia il possesso di sé come felicità, anche questa inabituale alla coscienza moderna. Per i giovani come lui la censura era grande. E cessavano di colpo di esistere le frontiere, un tempo temibili, di cultura e di stati e di sesso, tutte allegramente da abbattere, come qualsiasi impegno prioritario verso gli altri. E non per disconoscimento, ma perché anche l'altro veniva sentito, come mai prima, un se stesso compiuto, un continente a parte. Quando è caduta la speranza di quella loro "rivoluzione", una società in questo trasformata, è rimasta quella percezione dell'io, e in qualche misura se ne rivelava il frutto essenziale.

Per chi visse il 1968, come me, da un'esperienza già maturata, e lo pensò come il compimento di altre rivoluzioni imperfette, è stato per un certo tempo sorprendente come i "sessantottini" potessero lasciar trascorrere via da sé senza un gran senso di perdita quell'immenso progetto. Come anzi a volte lo ricordino con fastidio. Giovanni non lo ricorda affatto: aveva lavorato con noi al "manifesto", in qualche occasione mi fece impazzire incontrarmi e scontrarmi con lui e altri come lui, ma è stato un moltiplicatore delle mie domande, non dimenticabile. Per lui no: il "manifesto", io, noi che abbiamo vissuto "anche" il 1968 e compartito con Giovanni anni decisivi, non siamo nella memoria, nelle scansioni che essa ci dava. Del percorso fatto assieme resta un'impronta di "sinistra", il rifiuto non pietistico della miseria e della guerra, il non ingannarsi su facili successi; ma l'essenziale è altro, è il mutare del rapporto con se medesimo, come per noi era stato essenziale il mutare del rapporto con il mondo. Non abbiamo, per i coetanei di Giovanni, l'importanza che essi hanno avuto per noi. E non a caso se ne sono andati per le loro strade, anche fra loro separati.

In questa strada non si sono acquietati, almeno non i più coerenti, quelli che non sono receduti al compromesso. Per Giovanni, la scoperta e poi la rivendicazione della sua preferenza sessuale non sarà vissuta a parte rispetto al resto della vita, non ne sarà il lato oscuro e maledetto, com'era stato nella grande tradizione trasgressiva dell'inizio del secolo: è una strada non diversa da quella del rapporto eterosessuale, cioè determinante nell'esistenza e nelle relazioni, con in più il gusto aspretto di quel tanto di sfida che ancora, sia pur sempre meno in un ambiente colto, comporta. Soprattutto questo ordine di rapporti privilegia la scelta che nulla è ovvio, nulla sta già nei binari, viene trasmesso.

Scelto felicemente l'amore per i suoi giovani amici, scelta una professione con interesse ma distanza, una buona distanza, una volta ben fatto il proprio lavoro – scelto il paese dove vivere, scelta una paternità non obbligata, scelta la famiglia. Alla fine anche i ritorni saranno scelti, come quello all'ebraismo, alla famiglia d'origine, alla città della giovinezza.

Questo genere di percorso appartiene agli anni settanta, non sta prima, non so se starà dopo. Esso dà anche a categorie note – professione, paternità, famiglia, religione – un senso diverso da quello che noi da giovani avevamo conosciuto e dal quale ci siamo vigorosamente liberati. È un ritrovamento proprio di quella generazione che non è appartenuta alla nostra, e appare innovatore e problematico.

Anzitutto il ritrovamento dell'amore coniugale rispetto all'amore-passione, e al suo senso trasgressivo – perché anche Giovanni ha sacrificato a quella che chiama "sfrenatezza" e a cui attribuisce senza esitare il contagio. Ma per Brett e per lui è essenziale l'amore come libero contratto di vita; è il matrimonio, è la famiglia, riscoperti alla fine d'un percorso, non trovati alle spalle. Si conoscono da un annuncio che Brett, solitario e dubitoso, mette su un giornale e che comincia con le parole: Sai cambiare un pannolino? Vuol dire: cerchi, oltre che me, un figlio, e nel senso pieno che fino a ieri era delle donne, cioè una creatura da accudire interamente per anni e con fatica e con gli obblighi che l'accudimento dell'infanzia comporta? Questi giovani maschi fanno l'esperienza dei pampers, della preparazione del cibo, dei tempi obbligati dai bisogni del piccolo, e quindi circoscritti e limitati per sé, prima ancora delle infinite domande sul che fare e dire, e come, che il figlio della specie umana comporta. La presenza femminile è scivolata via senza problemi dalla loro giornata, perché è loro naturale, come non era mai stato nella storia, l'accettazione del "lavoro di cura", o di riproduzione, che, non più avvertito come destino, appare sorprendentemente ricco. Non meno ingombrante, a volte estenuante, di quello denunciato dall'emancipazione o dal femminismo, e che tutte abbiamo sperimentato come fin troppo vero; ma certo, per un giovane uomo come Brett, non più insopportabile degli altri impegni che un adulto conosce. Né lui né Giovanni se ne sentono impediti nella realizzazione di sé, e si badi che svolgono le cure domestiche nelle condizioni non semplici della maggior parte delle donne, cioè contemporaneamente a un lavoro esterno e senza aiuti domestici costanti. Avere un figlio, fare una famiglia, vivere assieme, dividere spese e fatiche, è una scelta, realizza un bisogno.

Quale bisogno? Difficile chiederselo, per una donna come me. La risposta non va da sé. È un sostitutivo alla mancanza d'una comunità in altri anni sperata, caduta, forse dimenticata? Ma se quel lontano sogno può essere colmato dalla famiglia scelta, non vuol dire che quella comunità era stata pensata come luogo della relazione fra individui, uomini e donne, non una società o una polis, ma relazione fra l'io e l'altro, costitutiva del sé e autosufficiente? Brett dice semplicemente che si tratta di vivere non solo l'amore ma la "responsabilità", cioè un progetto d'esistenza impegnativo – questo è per lui l'incontro con Giovanni e i bambini. Non è chiaro quanto sia così anche per Giovanni, nel quale con il diminuire del tempo che ha davanti scompare anche la priorità della relazione. Ma certo anche per lui l'incontro con Brett è quello con un "compagno di vita", con il quale darsi una non transitoria costruzione del futuro, come con il piccolo adottato. Rispetto all'importanza dell'impegno che così è preso, il legame di sangue è del tutto secondario, non ha senso. Ha senso il patto reciproco, molto vincolante, molto paritario: fra due giovani uomini che formano una famiglia con due figli, ai quali si propongono in assoluto come padri, la parità dei ruoli è fuori discussione. Se per caso viene in discussione, in qualche mancanza domestica, è una tempesta e riconduce alla condivisione dei doveri. Brett finirà con l'essere il solo che fa da mangiare e pulisce la casa, ma soltanto perché Giovanni starà sempre peggio: va da sé che Giovanni dovrebbe fare le stesse cose e garantirne l'ordine, avendo iscritta nella sua esistenza quella di altre tre persone.

Questa famiglia non ha precedenti nella eterosessualità, e nel medesimo tempo riprende i valori, concreti e simbolici, dell'immagine codificata della famiglia eterosessuale come comunità prima e scambievole; immagine codificata, ripeto, più che esperienza, perché è di poco tempo e non per tutti un rapporto fra sposi in cui sia assente una implicita gerarchia. Anche l'amore e la passione dei corpi ne derivano un rapporto insolito, più attento come risarcimento, forse, dell'altra "sfrenatezza".

In questo aspetto il volume di Brett Shapiro è per una donna sorprendente. Certo inabituale, forse molto americano: come se questa riscoperta-ricostruzione di relazioni personali appartenesse, come anche alcuni film ci dicono, più ad altre società che alle nostre. La testimonianza che ci ha lasciato il francese Hervé Guibert dell'amore/passione con il compagno, anch'esso contagiato, è assai meno nuova; sono due amanti, la famiglia è quella di uno dei due, tradizionalmente, e la passione è sotto molti aspetti fatale. Certo dall'esperienza di Giovanni e di Brett viene una riflessione insolita sulla natura possibile d'un rapporto familiare: non è paradossale che esso appaia come ricchezza e realizzazione dell'io solo in quanto interamente scelto, è paradossale che appaia interamente e radicalmente scelto solo nella famiglia omosessuale. La famiglia eterosessuale porta infatti con sé lo strascico di ruoli secolarmente fissati.

L'innovazione di senso appare peraltro più forte nel rapporto di coppia che fra padre e figlio: anche se il padre cumula, nel caso di Brett, la figura materna – per il figlio di Giovanni, Stefano, c'è una madre altrettanto importante – il ruolo sembra abbastanza tradizionale. Non soltanto perché la cura del corpo infantile è quella, e non se ne scappa, ma perché l'iniziazione alla vita non sembra altrimenti problematizzata. La figura del o della psicanalista, perpetuamente presente come un saggio e risarcito guru personale, garantisce un metodo educativo che dovrebbe funzionare in ogni caso: al piccolo non bisogna mai mancare, ma neanche nella fermezza, occorre non reprimere e non lasciar andare, l'alimentazione anche interiore conta quanto lo svezzamento anche interiore. Occorre fare attenzione a chi ti sta accanto, non scordarsi la sua fragilità: non si sfugge all'impressione che questa psicanalisi sia, più che un sondaggio negli abissi dell'io, un sistema di intelligenti ammortizzatori.

Su questo Brett sembra aver qualche dubbio più di Giovanni: ma di Brett questo libro ci restituisce tutto, di Giovanni no. Sta di fatto che alla fine Brett si domanda se quell'esperienza d'amore e di morte poteva/doveva essere imposta/offerta al piccolissimo Zach, e a ogni buon conto gliela rende più leggera con qualche confortante favola. Più complicato è per Giovanni il rapporto con Stefano, che è già un ragazzo, e come i ragazzi si difende sfuggendo: quando il padre decide di dirgli che è ammalato e si perderanno, desidera con uguale acutezza che Stefano non soffra e che gli getti disperatamente le braccia al collo. Ma Stefano tace, come se non avesse capito bene. La misura del dolore reciproco è l'impossibilità di parlarsi. Per Giovanni sarà una riconferma di solitudine, che faticherà a elaborare.

D'altra parte come si amministra la morte, non solo al proprio figlio, ma a se stessi, alla persona che ami, agli altri? Non c'è razionalizzazione possibile. La "meravigliosa" psicanalista consiglierà a Brett di distanziarsi. Che altro ci consiglia la più modesta vicina di casa? Qualcuno ci assicurerà sempre che l'altro ha bisogno che tu viva. Appunto. È che non c'è nulla da dire. La perdita per Brett è irrimediabile, è una catastrofe dell'io, come sono le perdite: spietato, Brett, che non si dà mai "le beau rôle", confessa l'insopportabilità dell'agonia di Giovanni, il bisogno che finisca quel patire senza speranza per tutti e due. Ma quando poi finisce, si trova smezzato, la risalita è da un abisso e forse non si compie mai del tutto. Ha seguito Giovanni a Roma e vi resta senza Giovanni, come se restando vicino alla famiglia di lui e nei colori della sua città, restasse in una sua fosforescente scia.

Poi c'è anche per tutti e due l'altra famiglia, quella non scelta. Per Brett la sua era stata una frustrazione: non drammatizzata, ma frustrazione. Fin da ragazzo. Quando ha dovuto spiegare ai genitori la situazione sua e di Giovanni, non gli è stato detto "Figlio, come ti possiamo aiutare" ma qualcosa come "Figlio, perché ti sei cacciato in questo guaio?". Se lo aspettava, ma prevedere una pena non la allevia. La famiglia di Giovanni è diversa: è una grande famiglia, colta, drammatica, formativa. Sullo sfondo la figura tragica della madre, dalla quale egli pensa di non avere mai abbastanza, e in primo piano le sorelle: all'inizio Flam, "sorella d'oro e di piombo", sua prima assunzione di responsabilità, e alla fine Manu, la saggia, aiutata da filosofie orientali, con lui negli ultimi mesi assieme a Brett. Ma gli ultimissimi istanti saranno dei genitori, simbolicamente, o per caso, perché di Aids non si muore come crede Oliviero Toscani.

Il ritorno alla famiglia di sangue, lasciata quando è partito per New York, è per Giovanni forse la spinta a tornare all'origine man mano che il futuro gli sfugge. Per Brett forse quello di accostarsi a una famiglia di sangue che non sia manchevole come la sua. Ma dunque contano, sangue e tradizione. Quanto contano? Quando contano? Al bellissimo angolo alberato del cimitero ebraico al Verano dove è la tomba dei Rosselli, Giovanni è stato accompagnato da chi era stato sempre nella sua vita, la madre, le sorelle, Giovanna e Stefano, molti di noi che l'avevano incrociato, pochi dei suoi primi anni a New York, e naturalmente Brett con Zach in braccio. Ma lo ha accompagnato anche il rito della sua religione. Che cosa era tornato a essere, per lui e per Brett, l'ebraismo, al di là d'un filo d'oro dietro di sé che sprofonda nei millenni? Dalle lettere di Giovanni, come da quel che sapevamo di lui, traspare un animo critico e irrequieto, come fondamentalmente irreligioso. Sulla sua tomba, un'amica comune ha ricordato Davide danzante. Forse aveva ragione. Forse aveva compiuto anche questa esplorazione alle radici. Il Giovanni che io ricordo somiglia più a un moderno Peer Gynt che a un giovane re felice davanti al suo dio; le preghiere lo raccoglievano finalmente in un sonno fra molti, non più solo, dentro a una storia certa.

Ma forse anche questo era stato qualcosa di più; in molti più giovani di me, e più di me sciolti nella memoria, è rinato il bisogno d'una appartenenza non scelta ma acquisita nel venire alla luce, di ancorare l'identità nella genealogia paterna, della quale la fede rivelata è la più severa e rassicurante. Per molti giovani ebrei è stato, oltre che un bisogno, un debito. Ritrovare la Legge è anche ritrovare l'esilio, una secolare negazione da assumere invece che annegarla nel cosmopolitismo.

Anche questo è dei nostri tempi. E forse altri scritti di Giovanni ci diranno di più. Ma non so se tutto debba essere scavato, se la fine non debba essere anche silenzio, se la pietas non additi una soglia che non si può varcare né in vita né in morte senza violare qualcosa. Se alla biografia di Giovanni altro potrà essere aggiunto, nulla come queste pagine di Brett Shapiro renderà la sua stagione e il modo con il quale vi aveva così determinatamente iscritto se stesso.

Sono pagine di una scrittura rara, sobria. Brett non indulge all'ambiguo incanto della contemplazione del dolore. Dai sentimenti ai gesti, dalla percezione dell'angoscia a quella del tempo dell'inizio, della malattia ancora sospesa, della sua invasione, delle sue oscurità, delle medicine, quali medicine, della casa, quale casa, delle cliniche, quali cliniche, dei medici americani e italiani e del fantasma del miracolo svizzero, fino alla fuga dall'agonia anche di chi ti vuol bene, tutto è detto, nulla è gridato. Brett Shapiro sarà stato anche consolato dal ricomporre in parole l'indicibile: "la percezione dell'oggetto comporta la perdita dell'oggetto", scrivere è anche elaborare il lutto. Certo ne è venuto non un documento, ma un'opera capace di non dissolversi con l'immediato che l'ha prodotta, di esistere per sé. Quando l'immagine di Giovanni morrà con noi che l'abbiamo conosciuto, e l'Aids sarà forse sconfitta, e i tempi volgeranno ad altri approdi, e quelli che seguono avranno gli occhi altrove, l'intelligenza di questo amore e dolore rivivrà in chi prenderà questo libro nelle mani, senza saper altro di noi.

Roma, luglio 1993

A Stefano e Zachary,
il nostro continuum

Defenceless under the night
Our world in stupor lies;
Yet, dotted everywhere,
Ironic points of light
Flash out wherever the Just
Exchange their messages:
May I, composed like them
of Eros and of dust,
Beleaguered by the same
Negation and despair,
Show an affirming flame.

W.H. Auden, settembre 1939

1.

Anguilla (British West Indies),
giovedì 18 gennaio 1990

Carissima Flaminia, sorella d'oro e di piombo,

[...] fresche mattine, calde giornate non fosse per il vento, lunghe nuotate in mare (non ho ancora raggiunto la barriera corallina che protegge la baia), indolenti pomeriggi sorseggiando bibitoni sul bordo della piscina, lunghe sieste, tre pasti al giorno. Sto leggendo contemporaneamente Saul Bellow, Marguerite Yourcenar e Fabrizia Ramondino. Mi rifaccio così almeno un po' di un prolungato periodo di accidia intellettuale in cui non solo non ho letto niente di valore, solo riviste e giornali, ma anche non sono andato a vedere spettacoli, concerti balletti opere commedie, e pochi bei film. È un periodo così e mi tormento di sensi di colpa perché una certa regolarità con la palestra invece riesco a mantenerla – anche se meno di quanto vorrei – e ogniqualvolta ne ho l'occasione – il che, tra Stefano e James, avviene molto raramente – mi precipito a soddisfare i miei appetiti carnali. Sono proprio un sex addict. [...] Non è solo al sesso nudo e crudo che sono assuefatto, ma a un senso di fusione cosmica con l'altro che riesco a indurre con sconosciuti giovani e graziosi e bisognosi di consiglio e guida spirituale, i quali dopo, benché avessi messo in chiaro fin dall'inizio che io sono impegnato in una relazione e perciò non disponibile, mi telefonano e cercano di vedermi ancora e a volte succede. Non mi prendo in giro: so che sto togliendo qualcosa a James anche se è un qualcosa che lui probabilmente non potrebbe darmi (anche se qui, con il clima caldo, si è sessualmente ringalluzzito e l'abbiamo fatto *due volte in un giorno*! quasi un record). Ma è come una lenta emorragia. Gli sottraggo concentrazione su di lui. Forse proprio questo è uno dei motivi per cui lo faccio, perché non sopporto di essere completamente *di* una persona.

Rispondimi! Un grande abbraccione-one-one

Giò

Sere d'estate a Brooklyn. Per le strade e sui gradini delle case si accalca una folla intenta a reidratarsi – per lo più birra (all'alba, le lattine vuote formano piccole cupole sui marciapiedi e negli spiazzi abbandonati), ma anche altri dissetanti più inconsueti: ghiaccio tritato imbevuto di sciroppi dai colori vivaci, oppure grossi bastoncini di zucchero di canna, come succhiotti per adulti; per i veri arrabbiati o disperati, whisky da quattro soldi avvolto in sacchetti di carta marrone. Grappoli di uomini e donne convergono attorno a un tavolo da gioco, a un *ghetto blaster* assordante, a una fiala di crack, mentre bambini randagi trovano il paradiso accucciati sotto un idrante aperto. Nessun adulto è solo, ma tutti sembrano infelici, costretti a cercare il piacere – forse a dimenticarlo – così come si buttano di fuori inseguendo un refolo d'aria non stantia. Sera dopo sera, osservo il ritornello dal gradino di casa, mentre Zach, il mio figlio adottivo di un anno, percorrendo a quattro zampe i nostri possedimenti – un fazzoletto di cemento recintato – esplora la malta ruvida e le sporadiche piantine di gramigna che audacemente spuntano tra i lastroni grigi, giocherella con tappi di bottiglia o bastoncini di ghiacciolo trovati in terra, o semplicemente mi guarda con un'adorazione la cui innocenza mi fa venire i brividi. I miracoli accadono: sono diventato padre. Immacolata concezione, partenogenesi: da un uomo solo è nato questo figlio. Barriere invalicabili sono crollate. Quello che voglio un tempo era proibito, tabù. Quello che non poteva succedere è successo. Questo bambino è vero. Ma ai miei occhi è vera anche la solitudine degli adulti di questa folla immensa e vociante, coperta di sudore, intenta a cercare. Ci sarà pure una via d'uscita, o almeno d'entrata. Ci sarà pure un adulto disposto a farsi trovare.

New York, 10 maggio 1990

Carissima sorella d'oro e di piombo,

è un piovoso giovedì di maggio. Io sono a casa ascoltando musica classica [...] La prima parte della tua lettera era tutta a proposito della mamma e del lavoro che stai facendo in terapia per rimuovere il blocco dei sentimenti che hai messo su come meccanismo difensivo per non soffrire. [...] So che ai tuoi occhi – e forse anche oggettivamente – io ero il preferito. [...] Sì, è vero, io vivevo con lei, ma mi sentivo sempre in prova, in accettazione condizionata: se non mi fossi comportato bene, non un rompiscatole ma un bravo bambino giudizioso, sarei potuto restare, altrimenti sarei stato rimandato dal babbo. In pratica anch'io avevo la sensazione di doverla eternamente conquistare, che il mio posto presso di lei non fosse garantito.

E purtroppo le cicatrici lasciate da tutto questo non si sono rimarginate e hanno ancora conseguenze sul mio comportamento. L'ho fatto di nuovo. Intendo, mi sono di nuovo comportato sadicamente verso una persona cara nel momento in cui questa aveva più bisogno di me. Sembra che il mio senso di impegno e di responsabilità si arresti alle soglie della famiglia: lo provo verso di te, e direi che ti sono stato davvero vicino quando avevi bisogno, e sicuramente lo provo verso [mio figlio] Stefano. Ma con girlfriends e boyfriends è un vero disastro. È un diavoletto che scatta dentro di me e mi fa fare le cose più orribili nel momento del bisogno (altrui). La prova generale è stata un paio di mesi fa quando James ha avuto seri guai alla schiena ed è dovuto restare a casa sdraiato per vari giorni: a parte il dolore, c'erano anche dei problemi pratici. Io sono praticamente scomparso. Sono andato a East Hampton con Stefano da David Leavitt e non gli ho fatto neanche una telefonata per due giorni. Siamo andati da Martha insieme per varie sedute e lui ha ingoiato il boccone amaro che io ho paura della sua vulnerabilità e fuggo, e si è reso conto che non poteva veramente contare su di me (non è poi questa l'essenza dello stare insieme?). Ma la mia fuga era ormai cominciata. Non lo sopportavo più, era pesante, e non reggevo più le continue bugie cui ero costretto per non dirgli delle mie scappatelle sessuali che lo avrebbero fatto troppo soffrire (lui ha dei valori molto tradizionali e crede nella monogamia: ma ormai quasi non avevamo più rapporti sessuali, come poteva anche solo immaginare che per me fosse accettabile?). Per la prima volta avevo incontrato qualcuno (si chiama Marc) con cui fin da subito c'era stato qualcosa di più del puro sesso. Una forte attrazione, ma anche la sensazione di un flusso emotivo molto speciale (in effetti è questo il motivo per cui i favorevoli alla monogamia sono contrari alle scappatelle: perché queste cose possono succedere).

[...] La mattina dopo (domenica) mentre James dormiva sono uscito lasciandogli un biglietto in cui dicevo che avevo bisogno di stare solo e che lo avrei rivisto la sera a casa sua, alla festa di compleanno di un suo amico. Giuro che non avevo intenzione di chiamare Marc, ma invece l'ho fatto, e ho passato la domenica con lui, raggiungendo nuovi livelli di conoscenza e di intimità. La sera, dopo la festa, quando James mi ha fatto una domanda diretta, non ho saputo più mentire. Da allora siamo nel disastro. Lui non accetta che io possa stare con lui e avere una storia con un altro. Per la prima volta ha detto che accetterebbe che io avessi "una o due scopate". Sei mesi fa mi sarebbe bastato, ma ora non voglio più mentire. Con Marc desidero esplorare la possibilità di una relazione. James questo non lo accetta. Come non accetta di salvare l'essenziale del nostro rapporto, cioè l'affetto, l'amicizia, il sostegno reciproco, lasciando perdere il sesso, che tanto ormai da tempo era quasi assente. In una pesante seduta [di psicoterapia] da Martha, in cui lui era arrabbiato e gelido, ha detto che se io lo lascio ora non vuole rimanere mio amico. Pesantina, eh? Sam è molto critico di quello che ho fatto, e anche Martha dice che la monogamia è una cortina fumogena e che il mio vero problema è la fuga quando qualcuno ha bisogno di me.

[...] È vero che ci può essere sempre qualcosa di meglio, ma forse dovremmo anche cercare di approfondire e accettare e apprezzare quello che c'è.

Un grande abbraccio,

Giò

2.

Giovanni rispose a un'inserzione che avevo messo sul "Village Voice" dietro suggerimento della mia analista. Durante il primo anno di vita del mio bambino, mi ero reso conto di quanto fosse profondo il mio desiderio di essere padre: tutti i miei amanti mi erano stati figli. Sei mesi prima di mettermi sul mercato in cerca d'amicizia, mi ero separato da Walnes Remy dopo una relazione durata quattro anni e mezzo. Walnes, il mio ultimo figlio adulto, era stato rispedito in camera sua, dovunque fosse: ora volevo un partner adulto. Zach e io abitavamo i due piani inferiori di una graziosa casetta in stile Tudor di mia proprietà, in una parte di Brooklyn piuttosto malfamata e lontana anni-luce dalle amenità sociali e culturali di Manhattan, dove avevo vissuto per sei anni. Convincere i miei amici a uscire dalle loro enclave nella metropoli per avventurarsi oltre il Brooklyn Bridge non era facile; a me, una volta tornato a casa dall'ufficio e accudito mio figlio, mancava l'energia per affrontare l'odissea del ritorno in città. In breve, ero isolato e lontano da tutto e avevo bisogno di compagnia. Ma su un altro piano – quello dove l'incredulità si gonfia, fa la cresta e si frange come un'onda – sognavo l'avventura: quando Zach avrà due o tre anni e l'avrò riempito di vaccinazioni americane e ingozzato di sostanze nutritive e calorie, allora padre e figlio, e magari anche un partner, faranno qualcosa di folle alla Brett: entrare nel Peace Corps, scalare insieme l'Himalaya, o almeno vivere all'estero. Un padre e il suo amante e il suo bambino: non una famiglia nucleare, ma un team familiare, un'unità cementata.

Da principio ero restio all'idea di mettere un annuncio: temevo di entrare a far parte della categoria di persone inclini a simili iniziative di autopromozione perché dotate di una riserva segreta di non-amabilità. La mia analista però mi convinse che mettendo l'inserzione sarei riuscito a mantenere il controllo; sebbene fosse proprio la situazione mentale da cui tentava da tempo di svezzarmi, secondo lei quell'eccezione era giustificata.

L'inserzione diceva: "Maschio gay 34enne, *single*, affettuoso, saggio e di buone letture, malamente camuffato da executive di giorno, politicamente attivo nel tempo libero, padre di adorabile 1enne, cerca uomo analoghi interessi per amicizia +. Sai cambiare un pannolino?". Per i miei sessantaquattro dollari ricevetti ottanta risposte, e quella di Giovanni fu tra le diciotto che a mio parere meritavano una telefonata. La sua lettera era arrivata tardi e la lessi un po' di sfuggita: il mio entusiasmo iniziale e la mia segreta speranza di trovare la luna erano svaniti alla quarantacinquesima missiva, che prometteva la luna ma lasciava trasparire un sottinteso di disperazione: "Non sono nulla, e sono pronto a farmi trasformare in qualsiasi cosa possa farti felice".

mercoledì, 23 maggio 1990

Caro VMV6837,

certo che so cambiare un pannolino! È esattamente quello che ho fatto per quasi tutto il 1979 e il 1980. Oltre a giocare, andare al playground e al parco, cucinare, fare le coccole, fare il bucato, ecc. Mio figlio Stefano è nato il 2 dicembre 1978, e da allora è il centro affettivo della mia vita.

Mi sono trasferito a New York da Roma (Italia) nel 1986 per motivi di lavoro: all'inizio è stata dura, poi le cose si sono messe a posto. Però trovo che la comunità gay di New York è piuttosto indifferente nei confronti dei bambini. In teoria è il contrario: che carini! In pratica: non rompeteci le scatole (recentemente ho incontrato una *single* con figlio: mi ha detto che fra gli etero è esattamente lo stesso, quindi forse non sono i gay, è New York). Ma c'è qualche eccezione. In particolare il mio amico Sam, che nel corso degli anni ha costruito con Stefano un rapporto vero, a tu per tu. Insieme si divertono da matti, giocano come scalmanati e hanno quello scambio alla pari che a me in quanto padre, in un certo senso, è precluso. Nel 1986 sono andato a qualche riunione del Gay Fathers Group. Ho conosciuto alcune persone molto simpatiche, ma forse perché avevo pochissimo tempo, o forse perché qualche cosa che doveva scattare non è scattato, dopo un po' ho smesso di andarci.

Quest'estate Stefano tornerà in Italia a vivere con sua madre. È molto tempo che lo desidera e io non ho potuto oppormi. Però mi mancherà da pazzi.

La settimana scorsa, mentre scorrevo compulsivamente gli annunci personali (come faccio con i necrologi del "Times"), ho notato il tuo. Mi è piaciuto. Non solo il pezzo sul bambino, anche se ammetto che è stato quello che mi ha spinto a rispondere. Non mi dispiacerebbe fare amicizia con un padre gay per il quale essere padre è visibilmente una cosa essenziale, e vorrei molto che nella mia vita ci fosse di nuovo un bambino piccolo. Non so se sia possibile trovare una storia d'amore nelle pagine delle inserzioni, ma un'amicizia sì! Del resto tu stesso scrivi di essere in cerca di "amicizia +" (il che significa, suppongo, che l'amicizia va bene, ma se ci fosse qualcosa di più non diresti di no: giusto?).

Qualche breve notizia su di me. Ho trentasei anni. Ho avuto una vita molto intensa e si vede. Alcuni mi trovano attraente, anche se non sono un surfer della California, né un preppy né un body-builder. In realtà a me sembra di assomigliare piuttosto a un rabbino dell'Europa centrale un po' sciamannato. Prima ero molto radical e gay-liberation, adesso sono più confuso. E poi, come tu stesso avrai constatato, la responsabilità di un figlio ti cambia davvero la vita: di colpo, avere un frigo ben fornito e una casa che non assomigli a un accampamento non sembra più un'aspirazione da disprezzare. La politica e la militanza mi interessano ancora molto, ma più come spettatore che come protagonista, anche per via del mio lavoro (sono corrispondente di un settimanale italiano) e del fatto che non sono cittadino americano.

La tua storia sembra molto interessante. Come mai vivi solo e hai un figlio? È il prodotto di un matrimonio andato a monte, o è stata una tua scelta? Vorrei saperne di più e raccontarti la mia storia. Puoi scrivere o telefonare a: Giovanni Forti, 95 Horatio Street, interno 512, New York 10014, (212) 727-3916.

La sua calligrafia era infantile e per nulla artefatta, e la lettera piacevolmente spontanea. Telefonai a Giovanni qualche giorno dopo aver ricevuto il suo messaggio e accettai la sua proposta di venire a trovarmi a Brooklyn il giorno seguente, domenica 3 giugno 1990.

Fino a quel punto della selezione, tutti i primi incontri – che in genere erano anche gli ultimi – erano avvenuti nei giorni feriali, durante l'intervallo del pranzo e non lontano dal mio luogo di lavoro. Volevo che quegli approcci iniziali avessero confini temporali e geografici ben definiti, per non avere problemi a districarmi nel caso si trattasse di un bidone. Ma la nostra conversazione al telefono e la proposta di Giovanni erano state talmente naturali che acconsentii a non fissare subito un limite alla durata di quel primo incontro.

Il campanello squillò all'ora prestabilita: accostando l'occhio allo spioncino della porta tagliafuoco, vidi un tipo basso, di corporatura esile, vestito senza ricercatezza, di cui nel giro di poche ore, e malgrado le mie abituali resistenze, avrei finito con l'innamorarmi. Giovanni arrivò nel mezzo della siesta pomeridiana di Zach: questo ci dette modo di passare due ore seduti sul tappeto del salotto a cucire pezzi sparsi delle nostre storie prima che il pianto del piccolo attivasse il baby-monitor. A quel punto uscimmo tutti e tre nel giardinetto di casa mia e ci sedemmo sull'erba a giocare con Zach, proseguendo, con sorprendente mancanza d'impaccio, il rituale del primo incontro. Giovanni fu subito a suo agio con Zach, e non ostentò né il trasporto esagerato nei confronti dei bambini che in genere si smonta dopo cinque minuti, né l'impaccio che avevo osservato in tanti miei amici senza figli. Aveva un modo di fare diretto e sicuro di sé, ed era di una tenerezza infinita. Zach fu subito conquistato da Giovanni, soprattutto quando si mise a fargli la conta dei porcellini sulle dita dei piedi, in italiano.

Giovanni e io riuscimmo a vederci quasi tutti i giorni fino al weekend successivo. Lunedì andai a cena da lui, al Village, e feci conoscenza con suo figlio Stefano, di undici anni, che dopo l'immancabile pastasciutta si esibì in un recital di violino. Poi, per tre giorni di seguito, pranzammo insieme alla mensa del Time Warner Building nel quale lavoravo. L'ufficio di Giovanni si trovava ad appena tre isolati di distanza. Per il weekend, ciascuno aveva già i suoi programmi: Zach e io andavamo in campagna da una coppia gay che abitava a Kew Gardens, con un figlio anche lui di un anno; Giovanni partiva per la Louisiana, dove avrebbe intervistato David Duke per un articolo che stava scrivendo per "L'Espresso". Venerdì, dopo avermi aiutato a caricare in metropolitana tutti gli accessori del bambino, compreso un ingombrante seggiolino per l'auto, mi accompagnò fino a Kew Gardens. Quando arrivammo a casa dei miei amici e ci sedemmo su un sofà, Giovanni mi prese la mano. Quello fu il nostro primo contatto fisico, eccettuato un "accidentale" sfiorarsi delle dita dei piedi, il giorno che ci eravamo conosciuti, mentre eravamo sdraiati in giardino.

La domenica sera tornammo ciascuno a casa propria, e Giovanni mi telefonò per propormi di pranzare insieme l'indomani. C'era, disse, una cosa di cui voleva parlarmi. Anche se dal nostro incontro era passata solo una settimana, non potei fare a meno di chiedermi, un po' puerilmente, se non intendesse per caso farmi una dichiarazione. E in fondo si trattò proprio di questo, considerato il coraggio che gli ci volle per decidere di dirmi una cosa che avrebbe potuto benissimo tenere per sé, almeno per qualche tempo ancora. Giovanni mi rivelò che era sieropositivo. Sentii spezzarsi una specie di corda piacevolmente tesa che avevo dentro, e le lacrime mi offuscarono la vista. "Anche se sono passati quattro anni e sono ancora asintomatico, ho pensato che avevi il diritto di saperlo." In seguito scoprii che per lui era asintomatico chiunque non avesse il sarcoma di Kaposi o il pneumocystis. Nell'aprile del 1989, oltre un anno prima di conoscermi, aveva scritto a suo padre: "Ultimamente ho avuto qualche problema con la salute. Un'anemia acuta mi ha costretto a sottopormi a una trasfusione di sangue che ha riportato il tutto a un livello quasi normale. Ma nel frattempo hanno deciso di farmi sospendere l'Azt. Non ho ancora ricominciato e questo mi rende un po' nervoso. Comunque, a parte la diarrea e la fatica cronica, continuo, grazie a Dio, a non avere sintomi". Poi, il 1° giugno del 1990, solo due giorni prima del nostro incontro, aveva scritto sempre al padre la lettera seguente:

Carissimo babbo,

rispondo alla tua lettera del 9 maggio che ci ha messo un tempo infinito ad arrivare. Nel frattempo siamo stati in contatto telefonico insolitamente frequente perché io (forse un po' irresponsabilmente) in un momento di dolore fisico e di paura ho chiamato e credo di averti provocato molta preoccupazione. In realtà è inutile e sbagliato, perché tu non sei qui, e il telefono è troppo costoso, quindi per l'avvenire mi asterrò da questi appelli, anche se ti prometto di comunicarti tutte le cose serie che dovessero succedere.

Questa prolungata crisi fisica ha lasciato le sue conseguenze. Prima di tutto mi si leggono in faccia. Ho perso peso, sono smunto e sbattuto, e le occhiaie sono profonde. Sono molto indebolito e andare al lavoro, fare qualcosa per mezza giornata e tornare mi strema al punto tale che dormo due ore al pomeriggio e poi vado anche a letto presto. Non sono più un ragazzino e ci vorrà tempo per recuperare. Quanto alle conseguenze psichiche, non so. Nelle lunghe notti insonni a combattere con il dolore e l'ansia mi sono reso conto di essere meno forte di quel che pensavo e quindi ho vacillato nella mia determinazione a fare di tutto, in qualunque circostanza, per mantenere l'organismo in vita. Il pensiero della morte si è fatto meno astratto e ho capito perfino come in certi momenti e circostanze estreme possa apparire quasi desiderabile, se non altro come riposo.

Nel rivelarmi che era sieropositivo, Giovanni fu molto franco, nonostante un certo impaccio, e molto ansioso per come avrei potuto reagire. "E allora?" feci. "Cosa ti aspetti che ti dica? Che non voglio più vederti?" "Spero di no," rispose. "Certo che no. È ridicolo. Tu non sei un virus, hai un virus. Sai che mi piaci. Voglio continuare a vederti, a frequentarti." A quel punto piangevamo tutti e due. "Grazie al cielo," fece. "Ero terrorizzato che decidessi di non vedermi più." Gli presi la mano e gli sorrisi, guardandolo dritto negli occhi. Le nostre prime lacrime, e ci conoscevamo solo da una settimana.

A volte, nei sei mesi prima della sua morte, ho rimpianto la decisione di non scomparire subito dopo quel lunedì a pranzo. Forse avrei continuato a soffrire della mia condizione d'isolamento, ma mi chiedevo se non sarebbe stata preferibile a quella in cui mi trovavo. Quel desiderio, quella fantasia, quel tormento, quella fuga non avevano nulla a che fare con l'amore. Amavo Giovanni. Ma ogni giorno che passava, lui diventava sempre più il suo virus. E ogni giorno aumentava la mia futile possessività, il mio desiderio di riprendermelo, strappandolo alla malattia e alla matrice sociale e familiare in cui era incastonato; di far durare una vita quei pochi mesi asintomatici che ci erano concessi. La sindrome era il terzo incomodo, l'anti-partner della nostra relazione, e mi contendeva Giovanni con una forza contro la quale non potevo nulla. E naturalmente, come entrambi sapevamo senza mai osare crederlo del tutto, alla fine avrebbe vinto lei.

3.

La settimana dopo quella confessione, Giovanni e io andammo a pranzo assieme tutti i giorni e ci telefonammo ogni sera. Visto che entrambi avevamo un figlio che ci aspettava a casa quando uscivamo dal lavoro, il territorio del materasso rimase inesplorato per un po'. Era confortante sapere che i nostri impegni professionali e le nostre famiglie garantivano – o almeno così credevamo – che non ci gettassimo a capofitto nel rapporto orizzontale. Intanto l'Hiv non dava alcun segno della sua presenza. La diarrea e la stanchezza cronica di cui Giovanni aveva parlato per iscritto circa un anno prima, e che di lì a pochi mesi sarebbero diventate parte integrante della nostra vita quotidiana, non erano visibili ai miei occhi. Non so se quei "non-sintomi" fossero davvero in remissione, o se Giovanni riuscisse a controllarli quando stava con me. In ogni caso, era pieno di energia, pesava 57 chili, era muscoloso. Era facile non pensare e non parlare della presenza del virus o della sua inevitabile avanzata. L'unica cosa che ce lo ricordava era "Beedie": così Zach aveva battezzato lo scatolino portapillole di plastica color crema di Giovanni. La suoneria squillava ogni quattro ore per ricordargli di prendere l'Azt, il Bactrim, lo Xovirax e altre medicine che con il passar del tempo cambiarono e aumentarono al punto che Beedie non bastava più a contenerle tutte. Allora decidemmo di usarlo come sveglia: aveva un suono discreto, che ti ridestava con delicatezza.

Giovanni e Stefano trascorsero il weekend seguente a casa mia. Si sistemarono insieme sul divano-letto del salotto. Quando Stefano si fu addormentato, Giovanni s'infilò in camera mia come convenuto, e facemmo l'amore fino alle quattro del mattino. Zach come al solito si svegliò alle sei e mezzo, e Giovanni si mise in piedi con un'energia e un entusiasmo che credetti abituali. In seguito lui e Stefano passarono da me molte serate: si presentavano alla porta con dei lacci di liquirizia per Zach e un cambio di biancheria per Giovanni, che il mattino seguente andava al lavoro. Affrontavamo la giornata dopo aver dormito appena qualche ora e con gli occhi arrossati che bruciavano come fanali dopo le imprese della notte trascorsa. Al mattino uscivamo assieme, e in metropolitana ci reggevamo ai sostegni intrecciando le dita di una mano, mentre con l'altra ciascuno teneva il giornale che stava leggendo. Quella fu la nostra luna di miele, saldamente ancorata ai cambi di pannolino, ai biberon da riscaldare, ai compiti a casa, ai pasti caldi – spesso barbecue – da preparare.

Alla fine di giugno Stefano terminò le elementari e tornò in Italia per vivere con sua madre, Giovanna Pajetta, che era rientrata dagli Stati Uniti a maggio. Il mese di luglio fu dedicato intensivamente a coltivare il rapporto fra noi tre: io, Zach e Giovanni. Ben presto fu chiaro che avremmo formato una famiglia: Giovanni e io decidemmo di cominciare a vivere insieme nel weekend di Labor Day, all'inizio di settembre, quando lui fosse rientrato dal suo mese di vacanza nel Vermont.

New York, lunedì 4 giugno 1990

Cara mamma,

solo un breve saluto e un abbraccio. Ho avuto un periodaccio di denti: prima il dente del giudizio, poi l'infezione batterica in gola, e stamane una canalizzazione e un'otturazione a un altro dente sulla sinistra che ha scelto questo momento per sbriciolarsi rivelando un'orrida cavità sottostante. Il tutto in un periodo in cui come sai Stefano è fisso da me perché Giovanna è tornata in Italia (anche se in questo preciso momento è a Washington per seguire il vertice Bush-Gorbaciov). Come ciliegina sulla torta, il mio rapporto con James è saltato: io ho chiesto di trasformarlo in "relazione aperta" e lui ha rifiutato molto nettamente. Abbiamo avuto alcune tempestose sedute da Martha. Ora sono varie settimane che non ci vediamo (anche perché io ero sempre a casa con Stefano e lui non aveva voglia di venire) ma domani sera andremo a cena (un'amica, Jenny Livingstone, baderà a Stefano).

Comunque, malgrado tutto quel che ti ho appena detto, io sono abbastanza di buon umore. Sono sempre più deciso ad approfittare dell'aumento di tempo libero che avrò per scrivere fiction e ho molte idee in testa. Non vedo l'ora che venga agosto per andare in vacanza con Sam, Stefano, Emanuela e

Rita nel Vermont e – in più lunga prospettiva – penso con gioia al ritorno in Italia. Mi è venuto in mente che potrei chiedere un mutuo a tassi agevolati alla Casagit (*tutti* l'hanno fatto, incluse Manuela F. e Giovanna) e potremmo così comprare due appartamenti un po' più grandi e un po' più belli (chissà? potrebbe scapparci una terrazzetta) di quanto si potrebbe fare solo con il ricavato di via Luciani.

Che ne pensi? Hai per caso cominciato a darti da fare, parlando con un po' di agenzie, come si era detto nella nostra chiacchierata di Pasqua a Cenci? Ho un buon ricordo di quella giornata e spero che nei momenti di sconforto tu riesca a tener presente che anche nella depressione si possono avere momenti buoni – non è uno stato permanente. E tu ne hai avuti! E ne avrai ancora.

Stefano sta crescendo vertiginosamente. Ha qualche pelino sotto le ascelle e forse anche al pube, ma è vergognoso e non si fa vedere, uscendo intabarrato in accappatoio dal bagno. Ha dei piedoni più grandi dei miei (non difficile). È estremamente sarcastico e mordace, e anche molto spiritoso. La sua nuova mania è comprare soldatini medievaleggianti e dragoni alla *Signore degli Anelli* e dipingerli con dei pennellini sottili. La sua stanza è un caos, sembra sia stata bombardata. Non si fa né abbracciare né baciare, neanche prima di andare a letto o quando esce per andare a scuola. Insomma: un preadolescente perfetto! Io confesso che a volte per me è un po' difficile lasciar correre e non poche persone dicono che forse non tutto il male viene per nuocere e la momentanea separazione relativa da Stefano può avere anche effetti positivi.

Ti saluto per oggi
Un grande abbraccio

Giò

Il lungo weekend del 4 luglio lo passammo a East Hampton con amici. Furono quattro giorni stupendi, turbati da un unico incidente. Giovanni si era recentemente separato da James Revson, con cui era stato per due anni e mezzo. Per combinazione, James stava passando il weekend di festa nella sua casa di campagna a East Hampton, e Giovanni decise di fargli visita per raccontargli che mi aveva conosciuto. Purtroppo la conversazione prese una piega antipatica: James chiese a Giovanni di andarsene dicendo che non voleva parlargli mai più. Rispettando il desiderio di James, Giovanni obbedì; e non andò neppure al funerale quando James, circa un anno dopo, morì di Aids.

Al nostro ritorno da East Hampton, ebbi anch'io un incontro spiacevole. Dopo la separazione da Walnes lo avevo incoraggiato a mantenere il suo rapporto con Zach, visto che stavamo insieme all'epoca in cui avevo adottato il bambino, che aveva appena tre giorni di vita. Sempre più spesso, quando veniva a trovare Zach, Walnes mi trovava in compagnia del mio "amico" Giovanni. Un giorno – eravamo tornati da poco da East Hampton – Giovanni e io uscimmo a fare un giretto lasciando Zach a casa con Walnes. Al nostro ritorno, Walnes mi prese da parte e mi annunciò che Giovanni era sieropositivo, sostenendo di averlo incontrato in clinica (anche Walnes era stato diagnosticato circa cinque mesi prima). In seguito venni a sapere che Giovanni non era mai stato in quella clinica: Walnes aveva semplicemente frugato nel mio armadio in nostra assenza e aveva trovato la borsa di Giovanni con dentro le sue medicine, i cui nomi gli erano ben noti. Povero Walnes: sperava che una volta svelata la "lettera scarlatta" avrei smesso di vedermi con Giovanni; era convinto che fosse quello il motivo per cui gli avevo chiesto di andarsene da casa mia. Quando gli dissi che sapevo di Giovanni fin dal giorno in cui ci eravamo conosciuti, Walnes scoppiò in singhiozzi e se ne andò. L'ultima volta che lo vidi in salute fu una settimana più tardi, quando venne alla festa per il secondo compleanno di Zach. Arrivò con molto anticipo portando la torta e si fermò un'ora, che trascorse quasi interamente in cucina chiacchierando con mia madre; andò via prima ancora che la festa cominciasse. Quando lo rividi, nel maggio del '91, Walnes pesava 38 chili, non si muoveva più e riusciva a malapena a parlare. Morì il 29 luglio 1991, a poche settimane di distanza da James Revson. Il suo funerale si tenne il primo giorno del mese di vacanza che Giovanni, Stefano, Zach e io trascorremmo insieme a Fire Island. Durante quel mese, le condizioni di salute di Giovanni, che già avevano iniziato a deteriorarsi, si fecero critiche: al termine della vacanza, pesava 43 chili.

4.

Bread Loaf (Vermont),
13 agosto 1990, 16.40

Mamma carissima,

eccomi qua con la lettera promessa. Mi sembra il primo vero istante di quiete in un lungo tempo e lo dedico a te. Mi sono appena svegliato da un riposino pomeridiano. Silenzio. [...] La casa è semplice, non antica, di legno, con tanti lucernari, ed è praticamente un unico spazio articolato, non ci sono stanze private e chiuse. Solo con questo speciale gruppo di persone potevo sentirmi fiducioso di venirci a stare. È arredata alla bell'e meglio-rurale-New England (conosci lo stile). Si trova all'estremità di una stradicciola sterrata in mezzo al bosco così nessuno ci passa.

[...] Credo che potremo avere una vacanza assai riposante e piacevole, anche se Stefano frigge un po'. Senza ragazzini della sua età è difficile farlo divertire e lui non fa lunghe passeggiate da solo né legge per ore come facevo io alla sua età. Qui c'è *I viaggi di Gulliver* in originale non abbreviato, ma lui si rifiuta di leggerlo con la debole scusa che già conosce la storia! Ma nei prossimi giorni abbiamo in programma una serie di attività fisico-escursionistiche che dovrebbero assorbirlo; sia Sam che Emanuela hanno un rapporto speciale con lui e questo allevia un po' la pressione su di me.

Rita [...] oggi a pranzo ha fatto un commento che mi ha scioccato. Ha detto di non aver mai neanche provato a leggere David Leavitt perché sa che il suo argomento sono i rapporti umani e la annoiano gli scrittori che si occupano principalmente di questo soggetto, come Thomas Mann (!!). Poi viene fuori che non ha mai letto né Jane Austen né George Eliot. Hmm. Un'altra cosa che ha cominciato a verificarsi a pranzo e che io prevedevo è un'alleanza tra Manu e Sam leggermente ai miei danni: entrambi hanno detto che per loro quello che conta di più nelle persone è la sincerità e la spontaneità e si sono mostrati scandalizzati che per me conti di più l'intelligenza. Un po' di disaccordo è più che sano purché non divenga una Santa Alleanza (Santa in tutti i sensi!). [...]

Prima di partire per il Vermont, Stefano e io siamo andati a cena da S. G., dove c'era la solita colonia di giornalisti italiani [...] pigolanti. Io ho bevuto un po' troppo, ho sentenziato, ero pomposo e apodittico, mi sono odiato e una volta di più mi sono ricordato del perché normalmente evito simili convivi (do il peggio di me).

[...] Ultima sera con Brett & Zach, ultima notte con Brett. Cuore un po' spezzato. Al ritorno tutto sarà diverso, perché Brett & Zach verranno a vivere da me. Lo desidero molto ma ho anche nostalgia della sua casetta a Brooklyn con il cortile sul retro dove abbiamo passato due mesi d'incanto.

[...] Due problemi: mia crisi d'astinenza senza telefono né tv né giornali (promesso a Stefano che non mi sbatterò come un pazzo per cercarli; non letti né ieri né oggi!!!) e senso di colpa verso l'"Espresso" con crisi mediorientale (colpa loro che non hanno pensato a trovarmi un sostituto – ma); e, soprattutto, dover dire a Stefano che Brett & Zach verranno a stare da noi. Paura che sia geloso del bimbo. Che non esprima i suoi sentimenti. Scelta delle parole giuste. Sollievo per presenza Ema & Sam. Ma questo è per domani!

Un grande grande abbraccio

Giò 18.25

Bread Loaf (Vermont),
20 agosto 1990

Carissimo babbo,

rispondo con molta calma alla tua lettera del 4 agosto perché (come già hai fatto tu) la consegnerò a Emanuela da recapitarti. Quindi ho ancora una decina di giorni prima che lei parta e posso scriverti a lungo e senza fretta. Sia pure a spizzichi e bocconi perché, non si sa come, riusciamo a essere sempre di corsa anche in una situazione come questa, nel fitto dei boschi del Vermont, senza telefono né televisore. Ma immagino dipenda anche o prevalentemente da me. Ora, per esempio, mi sono accinto a scriverti proprio mentre la brigata si appresta a partire per raggiungere certi amici di Sam e fare assieme a loro un barbecue (noi portiamo il pollo e la carbonella). Dovremmo anzi esser già usciti e se così non è, è perché le ragazze, Emanuela e Rita, hanno scelto proprio questo momento per mettersi a rifare il letto, prender tutte le cose di cui credono di aver bisogno, rinfrescarsi, o Dio sa cos'altro le donne riescono a inventare per ritardare sempre le uscite. Io sono su nel loft dove dormo con Stefano e guardo giù in sala Stefano che si balocca con un suo videogioco portatile e Sam che legge qualcosa, ambedue pronti da un pezzo. La luce solare del tardo pomeriggio e le ombre delle foglie penetrano da tante finestre e lucernari nella fresca e scura casa di legno e giocano sul mio tavolo. Anche se le circostanze esteriori della nostra vita in questi giorni sono di grande quiete e immersione nella natura, la mia irrequietezza è appena allentata, ma certo non soppressa. Niente comunque in confronto ai russi: sto leggendo *L'idiota* e tutti non fanno altro che gridare, strepitare, ingiuriarsi, chiedersi perdono, baciarsi le mani, giurare vendetta, avere una crisi mistica, interrompersi, avere una discussione filosofica gridando e strepitando e ingiuriandosi e interrompendosi a vicenda...

[...] 21 agosto. Pomeriggi di strascinamento, dopo aver dormito undici ore (dalle undici di sera alle dieci della mattina). [...] Ho detto a Sam che tutti in questa casa avremo un autunno di transizione e cambiamento e trasformazione, lui compreso. [...] Io sono più lieto e eccitato che spaventato della trasformazione che mi attende questo autunno, anche se ci sono sempre anche correnti sotterranee di ansietà. La mia vita sta per subire un cambiamento enorme, non cercato né previsto, ma che è apparso immediatamente così ovvio e naturale che sarebbe incosciente non farlo, anziché, come può apparire agli occhi del buon senso, incosciente farlo.

(Ri)metto su famiglia. Il 1° settembre si trasferiscono da me Brett Shapiro (il suo cognome è lo Smith degli ebrei, o se preferisci il Rossi) e il suo bambino Zach ed è già inteso che alla fine del 1991, quando intendo tornare a Roma, loro verranno con me, e vivranno con me e Stefano.

Penso che sarai sorpreso. Non credo di averti mai parlato di Brett finora. Del resto quasi non c'è stato tempo. L'ho conosciuto solo il 4 giugno e non credo in questo periodo di averti scritto; per di più, all'inizio di una relazione, uno tende a non parlarne per paura di sciuparla quasi. Ma ora ci sono gli annunci da fare...

Brett ha trentacinque anni, è di Philadelphia, biondo scuro, pelato, minuto (ma sempre un bel po' più alto di me – non ci vuol molto). È molto dolce, pieno di amore da dare. Un po' più di due anni fa ha adottato legalmente un bambino appena nato di nome Zachary e gli si è dedicato completamente. Lavora come capo del personale in un grande ufficio di New York al trentanovesimo piano del Time-Life Building sulla Cinquantesima Strada (sulla quale, pochi isolati più a est, si trova il Newsweek Building, al trentaseiesimo piano del quale vi è il mio ufficio – buffa coincidenza, e anche utile). Ma è un mestiere che fa solo per i soldi, la sua vera vocazione è quella dello scrittore: molti bei racconti, nessuno finora pubblicato, e tanti articoli di viaggi e su questioni ebraiche. Vive in una casina di Brooklyn con giardinetto, in un quartiere abitato quasi completamente da neri dei Caraibi e delle West Indies, con il loro accento cantante, la loro abitudine di ciondolare sui marciapiedi chiacchierando fino a tarda sera, i vecchi seduti su seggioline, odori pungenti di carne di capra che emanano dalle finestre.

Ho pudore a parlare dei miei sentimenti per Brett e Zach. Troppe volte nel passato ho strombazzato, definito, etichettato. Lasciamo che i fatti parlino da soli. Dirò che sono felice e consapevole. Anche Stefano si è detto felice, e ha aggiunto che gli sono simpatici B. e Z. (questo so per certo che è vero). Se poi in futuro proverà gelosia perché lui sarà lontano e ci sarà un altro bambino piccino nella sua stanza non lo so, o se viceversa, come sostiene Ema, era preoccupato di lasciarmi solo ed è un sollievo per lui lasciarmi in compagnia (se fosse così verrebbe da temere che lui sia uno di quelli di cui parla Alice Miller nel *Dramma del bambino dotato*, completamente sintonizzato sui bisogni dei genitori e non sui propri – ma non credo). A proposito di trasformazioni Stefano sta cambiando in maniera impressionante. Ha dei piedoni ormai persino più grandi dei miei, s'è irrobustito parecchio, la sua voce attraversa la mutazione ed è in genere più grave con qualche incontrollabile squittio, emana afrori di cui o non è consapevole o si compiace perché non si vuole lavare mai ed è sempre una lotta, ha i peli sotto le ascelle e immagino anche sul pube ma non lo so perché non lo vedo nudo da molti mesi e anche qui, dove dormiamo insieme, la sua nuova pudicizia gli fa fare contorsioni incredibili. È fondamentalmente allegro e se ha momenti di cattivo umore non vi si aggrappa testardamente. Ha rapporti individuali e speciali con ognuno degli adulti qui presenti, molto piacevoli. Più complessi con me, nutriti di sarcasmo, critica, ripulsa, bisogno. [...]

Mi accorgo di non averti risposto affatto sul tema principale della tua lettera, che era la morte, ma non mi sento affatto in condizione: il fatto che ne abbia scritto sull'"Espresso" è derivato da una richiesta di Roma, non da una mia proposta. Chiaro che poi dovendolo fare ho cercato di farlo al meglio, incluse le per me necessarie riflessioni. [...] Spero che la vostra vacanza spagnola sia stata un successo. Fammi sapere.

Un grande abbraccio,

Giovanni

Bread Loaf (Vermont),
martedì 22 agosto

Caro Brett,

ho appena finito di leggere *L'idiota* e sento il bisogno di comunicare con te. Ieri ho tentato di telefonarti in ufficio ma non c'eri. Oggi spero di avere più fortuna. Però voglio anche scriverti.

Mi è appena successa una cosa assai bizzarra. Ero in bagno e facevo la cacca, leggendo i *Journals* di John Cheever sul "New Yorker". Quando mi sono alzato per pulirmi (a questo punto della narrazione, Sam mi ha interrotto dicendo: "Ma che ti alzi per pulirti?", ed è seguito un dibattito sui rispettivi vantaggi dello stare in piedi o seduti, poi è stato convocato Stefano perché desse il suo parere e il tutto ha guastato l'effetto della frase-chiave del racconto), ho notato che davanti alla finestra (piano terra) c'era una cicciona che non avevo mai visto, che guardava davanti a sé prendendo appunti. Per un breve istante di paranoia ho creduto che scrivesse qualcosa su di me, ma quasi subito mi sono reso conto che stava solo leggendo il contatore dell'elettricità, che si trova proprio accanto alla finestra del bagno. O non mi aveva visto, oppure, cosa più probabile, aveva deciso di ignorarmi. Comunque è subito scomparsa, e quando sono tornato in salotto tutto preso dall'urgenza di raccontarti il fatto, il suo furgoncino arancione si allontanava già, sollevando un gran polverone.

Non si può dire che la nostra piccola comunità di qui si stia disintegrando: piuttosto si sfalda, perde di coesione. Ci svegliamo sempre più tardi. Queste ultime mattine Stefano ha dormito fino a mezzogiorno e alla seduta di yoga ci siamo ritrovati solo Manu e io. Ieri, poi, non avevo nessuna voglia di farlo, ma mi sentivo in colpa. Stamattina però mi sentivo cattivo e volevo comportarmi male, così ho annunciato che non avrei fatto yoga. Manu però mi ha fatto cambiare idea solleticando il mio interesse con nuovi tipi di esercizi Kundalini (quelli vecchi cominciavano ad annoiarmi). Come sempre abbiamo fatto colazione tardi (abbiamo finito alle undici e venti) con cereali e frutta e pane tostato e caffè e succo d'arancia. Poi ho convinto Stefano a lavarsi le ascelle e a rifare il letto. Il programma della giornata era di andare al piccolo aeroporto di Warren a fare deltaplano, o quanto meno a prendere informazioni, ma Manu aveva fatto cadere incidentalmente la sua macchina fotografica che forse si era rotta, e quindi voleva portarla ad aggiustare. Lei e Rita sono uscite da un bel po' (sono quasi le due). Non si può dire che non combiniamo niente, perché facciamo sempre qualcosa, però in genere tardi, e i nostri obiettivi sono semplici e a portata di mano, e di rado ci muoviamo tutti e cinque assieme come richiederebbe il mio istinto da cane pastore. Ieri Sam e io siamo andati in bici al laghetto dei castori. Mi ha insegnato a fare le salite ripide pedalando al rallentatore. Al prato ci hanno raggiunti in macchina Stefano e Manu, così ho potuto appendere la mia bici alla rastrelliera sul retro. Mentre tornavamo a piedi per il sentiero abbiamo visto un *chipmunk* e due rane, e allo stagno abbiamo visto non uno bensì due castori più un'alce! Stavolta però i castori non hanno fatto schioccare quelle loro code piatte come l'altro giorno, quando Stefano e io siamo andati al laghetto da soli.

Adesso sono seduto alla scrivania del soppalco e se guardo giù in sala vedo Sam che fa un pisolino sulla panca. So che Stefano è fuori sulla veranda coperta a leggere *Dungeon*, un racconto fantastico che ha comprato ieri durante una spedizione a Middlebury con Rita. La casa è perfettamente silenziosa. Attraverso il lucernario di fronte a me vedo le foglie degli alberi e uno spicchio di cielo. La natura ci circonda e fa capolino dalle finestre che sono molte e grandi, girano tutt'intorno alla veranda. Gli unici rumori sono quello del ruscelletto che canta giù per la vallata e il ronzio regolare del frigorifero. Stefano gira le pagine e ogni tanto sospira. È appena venuto su a prendersi dei Ritz che avevo sul tavolo. Una striscia di sole sul pavimento.

Mi manchi talmente che mi fa male il cuore. Non ho mai sentito la mancanza di nessuno, con la parziale eccezione di Stefano (ma, come mi ha detto Manu, "coi figli è diverso"). Se capisco bene quali sono i tuoi sentimenti, a giudicare dalle nostre conversazioni telefoniche, probabilmente mi manchi meno di quanto io manco a te, ma in ogni caso mi manchi più di quanto mi sia mancata qualsiasi altra persona adulta nella mia vita. Mi fa paura ma mi riempie anche di piacere: allora sono come gli altri! Sono in grado di amare e sentire la nostalgia della persona amata come tutti! E poi, presto sarò a New York e potrò abbracciarti, e comincerà la nostra nuova vita insieme. Forse sceglieremo di non stare mai lontani a lungo, ma senza questo agosto di separazione non avrei mai saputo una cosa molto importante a proposito dei miei sentimenti per te.

Adesso che ho finito *L'idiota* mi sento sazio ma al tempo stesso svuotato. Non so che cosa leggere dopo. Ho tre opzioni: *Barbarians at the Gate*, sul takeover della R. J. Nabisco, *The Four-Gated City*, un racconto fantastico di Doris Lessing, e *The Buddha of Suburbia*, dello stesso autore di *My Beautiful Laundrette* (per combinazione gli ultimi due sono britannici). Potrei anche fare una pausa, visto che sabato probabilmente passerò sette o otto ore su un autobus o in treno e avrò un sacco di tempo per leggere. Vorrei farti una sorpresa e presentarmi sabato sera a Chester Court senza avvisarti, ma non sono certo che apprezzeresti.

Stefano è totalmente assorbito dal suo libro e ha ricoperto il nostro letto di briciole di Ritz. Credo che non andrò né sulla veranda né fuori al sole, anzi non farò assolutamente niente. Né leggere né scrivere: semplicemente essere e cercare di calmare la mia mente sovreccitata.

Mercoledì 23 agosto. Sono le otto e mezzo di mattina, che per il nostro ménage è veramente presto. Tutti dormono ancora tranne Sam, che è in bagno. Tutto è perfettamente silenzioso. Ieri sera sono andato a letto alle dieci e mezzo, così stamani quando mi sono svegliato ho deciso di non rimettermi a dormire come faccio di solito. Oggi all'una abbiamo appuntamento per andare a fare deltaplano, il che significa che ancora una volta non potrò fare la mia arrampicata di Mount Abraham. A turno ci preoccupiamo che non facciamo abbastanza cose e poi ricordiamo agli altri che "vacanza" vuol dire, letteralmente, "vuotezza".

Per lo più siamo allegri, parecchio sul cretino (abbiamo dei motti che ripetiamo dozzine di volte al giorno: uno è "qui e ora" che diventa "consapevolezza del qui e dell'ora", l'altro è "brutto ma buono") e ridiamo molto. Ieri sera dopo cena (minestra di zucca, ratatouille e riso, melone: una cena arancione) abbiamo fatto un gioco che consiste nel disegnare ciascuno un segmento di corpo, piegare il foglio in modo che si vedano soltanto due linee, e passarlo alla persona accanto perché completi il disegno. I risultati sono stati comici.

Stefano sembra di ottimo umore ma mi chiedo se sia giusto che passi una vacanza soltanto con adulti. D'altro canto, rammento a me stesso che in tutti questi ultimi anni ho organizzato vacanze che ruotavano completamente intorno a lui, a volte trascurando le mie stesse esigenze, e penso che fosse ora di cambiare. In ogni caso, questa vacanza, che avrebbe dovuto essere tagliata su misura per me, sta rivelandosi tutt'altro che perfetta, soprattutto perché tu non ci sei. Questo mi spaventa. È la famosa "dipendenza" di cui tutti parlano, specie le donne, cercando di imparare i trucchi per sfuggirvi? Io vorrei realizzare un equilibrio perfetto fra intensità del sentimento e gioia per la presenza dell'altro, ma anche autosufficienza e produttività. In una parola, armonia. Pensi che sia un obiettivo troppo ambizioso? Lo condividi? Tu non mi sembri il tipo da "Sturm und Drang", di quelli convinti che il vero amore dev'essere per forza accompagnato da grandi scenate, litigi, riconciliazioni, giuramenti, perdoni e un torrente di parole. In questa lettera sono già stato più esplicito a proposito dei miei sentimenti di quanto sia mia abitudine. Parte di me pensa che i sentimenti siano come dei fiori rari che vanno lasciati stare. Però so che le cose non stanno proprio così. Quello che mi ci vuole è un sacco di routine, un sacco di pannolini da cambiare e di piatti da lavare: inframmezzate a tutto questo, le parole d'amore sembrano meno teatrali e minacciose. In breve, voglio vivere con te. Ma io *vivrò* con te! Esattamente fra una settimana. Che strano. Scrivendo a mio padre ho fatto i salti mortali per spiegargli quanto fosse naturale, quasi scontata questa scelta, ma adesso che sono solo l'enormità della cosa mi appare di colpo. Vuole concedermi la sua mano, Mr. Shapiro? Vuole prendermi come suo fedele marito, in ricchezza e in povertà, nella buona e nella cattiva sorte, perché io la ami e la protegga?

Ora che so che Zach torna sabato alle quattro da Philadelphia ho deciso di fartela, la sorpresa, e di presentarmi sabato sera senza preavviso. Come reagirà un maniaco del controllo come te?

A presto, grazie a Dio,

Giovanni

New York, martedì 28 agosto 1990

Cara Flaminietta,

giorno di totale, estrema pigrizia. Ieri sera avevo una febbriciattola così ho deciso di stare a casa. Stasera arrivano

Emanuela, Stefano e Rita dalle cascate del Niagara e sabato, giorno in cui Manu parte, Brett & Zach traslocano qui. Così in realtà è l'ultima occasione per me di stare da solo nel mio appartamento mentre è ancora solo mio. È molto eccitante quel che sta per succedere e desideravo qualche ora di solitudine per rifletterci un po' su. Ma – al contrario di quel che potresti pensare – io non sono buono all'introspezione, così ne scrivo a te, che è anche una felice occasione di risponderti sapendo che presto avrai questo foglio tra le mani (affido la lettera a Manu che sarà a Roma domenica).

[...] Rimetto su famiglia! Se sei sorpresa per la velocità non ti biasimo. Ho conosciuto Brett appena il 4 giugno e mi rendo conto che la cosa può apparirti assai impulsiva. In realta lo è meno di quanto sembri, perché era una cosa che avevo maturato per conto mio già da molto tempo, solo che non c'era la persona giusta (James non lo era, questo è poco ma sicuro, ma ciò non significa che non sia una persona piena di qualità né che io non gli voglia ancora bene, anche se sfortunatamente al momento lui non mi parla). Attorno a Brett si sono cristallizzati i miei desideri e sentimenti, e tutto quello che è successo in seguito ha confermato la giustezza di questa scelta. Se a volte ho i sudori freddi per quel che sta per succedere (e chi non li avrebbe?) non è per Brett ma per la cosa in sé. Dopotutto, sono sette anni che non vivo con un altro adulto, da quando lasciai la casa di Manuela Fontana per andare a stare con Stefano in vicolo San Francesco a Ripa, e mi sono parecchio abituato a fare le cose a modo mio. Vivere insieme significa compromesso e accettare critiche e modificare comportamenti e abitudini. [...] Brett è rimasto assolutamente *orripilato* quando ha scoperto che io non rifaccio il letto tutti i giorni...

Oltre a ciò, non ho assolutamente mai vissuto con un uomo, e questo comporta due serie di problemi, interni e esterni. Quando vivi con una donna, per quanto eccentrici o non conformisti possiate essere, c'è sempre il conforto dei ruoli (su cui ricadere o da respingere). Con un altro uomo è tutto terreno inesplorato. E il mondo? Come reagirà? Ci prenderà altrettanto seriamente di una coppia etero? Ho fiducia a questo proposito in Stefano, te, Ema, la mamma e il babbo (forse un po' meno in Donatella e Giovanna ma magari mi sbaglio) ma il resto? Gli amici? Il mondo del lavoro, gli altri giornalisti, l'amministrazione dell'"Espresso", la maestra della scuola materna dove andrà Zach, la banca? Non ho nessuna voglia di imbarcarmi in crociate, ma neanche ho intenzione di accettare niente di meno di come la gente tratterebbe una qualunque coppia non sposata che vive insieme.

Infine, e forse soprattutto, la responsabilità che mi prendo con Zach. I bambini non sono molto interessati alle sottigliezze legali, in particolare a due anni, e a tutti gli effetti io divento l'altro genitore di Zach. Lo sto già diventando ancora prima del trasloco! È vero che l'ho già fatto un'altra volta, ma ero più giovane e energico e non ero sieropositivo. Zach è delizioso ma è assolutamente instancabile, e più *fisico* di quanto ricordi Stefano alla stessa età, e a volte alla fine di una giornata io sono assolutamente estenuato. Ma anche felice, e questo credo sia l'importante. Temevo molto il momento della partenza di Stefano per l'Italia (dopodomani), e anche adesso so che mi mancherà molto, ma in qualche modo mi sento più equilibrato. E credo che anche lui sia contento di non lasciarmi solo.

[...] Allora, che ne pensi? Ma è difficile rendere i sentimenti in una lettera. Manu potrà dirti di più, almeno le sue impressioni.

Un grande abbraccio,

Giò

Quel mese di separazione da Giovanni – l'agosto del 1990 – arrivò troppo presto. Il nostro rapporto veleggiava ancora in una dimensione fantastica: abitavamo una specie di nebbiolina seducente che teneva a distanza margini, confini e superfici definite, dando l'impressione che la relazione si sviluppasse come un'unione ininterrotta. Ma la nebbia si dissolse, come un sogno mandato in frantumi dalla sveglia, quando Giovanni partì di punto in bianco per quella località remota e senza telefono, insieme alla sorella Emanuela e alla sua amica Rita, a Stefano e a Sam. Rimasto nel mondo tattile, io mi sentivo un frammento del mio vecchio io: ero tornato al mio isolamento, esacerbato dall'aver assaggiato la comunione ma anche dal fatto di essermi preso il morbo di Lyme, probabilmente durante i quattro giorni di vacanza a East Hampton. Star dietro a Zach con una febbre da rompere le ossa e un continuo mal di testa fu una tortura, ma la malattia, diagnosticata in tempo, venne curata tempestivamente e passò in fretta. Ogni giorno attendevo la telefonata che Giovanni mi faceva da una cabina, raccontandomi aneddoti su lunghe camminate e gite in bici per la campagna, sui festini e sulle sedute di yoga coordinate da sua sorella. Mi sentivo tagliato fuori, costretto com'ero a sudare tutto il giorno a Brooklyn, con l'unico refrigerio di una passeggiata a Prospect Park o a Coney Island; ma la prospettiva di trasferirmi il 1° settembre con Zach da Giovanni mi teneva su di morale, e già quel mese passai diversi pomeriggi con il bambino nel suo appartamento. Giovanni e io avevamo preso in considerazione anche altre possibilità di coabitazione: che lui venisse a stare da me o che trovassimo un posto nuovo insieme. Quest'ultima opzione fu scartata perché avevamo già discusso l'eventualità di trasferirci tutti a Roma nel dicembre del '91, alla scadenza del suo contratto di corrispondente, e alla fine avevamo deciso che sarei stato io a spostarmi nel suo "spazio", proprio perché questo rappresentava una sfida al mio bisogno di controllo.

Mi ero sempre ripromesso di non essere troppo precipitoso nell'avviare una relazione, soprattutto ora che avevo un figlio. Eppure, meno di tre mesi dopo esserci conosciuti, diventammo una famiglia unita. Nella mia mente non ci fu mai il minimo dubbio né la minima esitazione circa il successo o la serietà del nostro impegno. E sentii immediatamente che Giovanni, anche negli inevitabili momenti di conflitto, era incapace di cattiveria. Ammiravo il suo spirito, la sua intelligenza, la sua curiosità, la sua vitalità. Era il mio migliore amico. E lo amavo. Sotto un altro profilo, tuttavia, tutte le nostre decisioni vennero affrettate dalla sua malattia. Non immaginavamo neanche quanto poco tempo ci restava.

5.

Zach passò la notte precedente il trasloco nella "casa nuova" con Giovanni, in modo che io potessi concentrarmi esclusivamente sugli aspetti pratici. L'ultima settimana della vacanza di Giovanni l'avevo trascorsa imballando tutto ciò che non volevo portarmi dietro e accatastando ordinatamente gli scatoloni in cantina. L'edificio dove vivevo con Zach era di mia proprietà e comprendeva quattro appartamenti: visto che avevo intenzione di affittare il nostro, era bene che lo lasciassi in condizioni di essere abitato.

Il furgone arrivò da Giovanni a mezzogiorno. Zach stava facendo un sonnellino, e miracolosamente continuò a dormire per tutto il tempo che ci volle a scaricare. Giovanni era impaziente di sballare le cinquantaquattro casse di libri, e nel tempo che gli ci volle a sistemarli sugli scaffali (lunghissimo, perché intanto li sfogliava a uno a uno), io vuotai le altre ottantacinque e ne misi in ordine il contenuto. Ricordo che fui abbastanza irritato per quel suo contributo apparentemente marginale.

Ben presto ci dividemmo i compiti della vita quotidiana. Judith, la tata di Zach da quando lui aveva otto mesi, si occupava del bambino mentre noi eravamo al lavoro, sbrigava le faccende e ogni tanto preparava la cena. Il resto dei lavori di casa – fare la spesa, tenere in ordine l'appartamento, provvedere alle riparazioni, ecc. – ricadeva principalmente su di me, visto che fra noi due ero di gran lunga il meno incline al *laissez faire*. Iscrivemmo Zach a un nido carissimo ed esclusivo, dove andava tre mattine a settimana. Giovanni lo accompagnava a scuola e gli faceva il bagno; io lo mettevo a letto, e la domenica mattina Giovanni si svegliava con lui, così io potevo dormire fino a tardi. In più mi prendevo una serata di libertà ogni settimana, per consentire a Giovanni e a Zach di passare un po' di tempo insieme per fatti loro, e a me di riprendere contatto con la vita notturna di Manhattan. La nostra esistenza ruotava intorno alla famiglia e alla casa. Ogni tanto andavamo a cena o a teatro con amici, ma più spesso, anzi di frequente, invitavamo qualcuno a cena o al *brunch*, se era domenica. Eravamo estremamente fieri di quel che avevamo costruito e desiderosi di condividere la nostra felicità. Il nostro amore fisico era frequente, ardente, ci portava sempre più lontano: era la nostra gioia privata. Decidemmo che nella casa di Roma avremmo allestito una "camera bianca", cioè una stanza piccola, disadorna e senza mobili dove più volte alla settimana avremmo passato un'ora o due da soli, senza parole e senza gesti: un luogo in cui crescere attraverso la rarità del silenzio, un utero in comune.

New York, 13 settembre 1990

Cara Mammozzi,

come va? Com'è stato il rientro? Per me in parte duro, perché Stefano mi manca enormemente, in parte eccitante perché Brett & Zach sono venuti a stare qui, con 54 casse di libri, un pianoforte e due gatti. Per adesso siamo in piena luna di miele e io assaporo le gioie domestiche che in un certo senso, in questo modo completo, non ho mai avuto. Se solo Stefano fosse qui, la mia felicità potrebbe essere totale. Va d'accordo con Brett e si diverte a giocare con Zach. Brett è accudente, pieno d'amore, amante dei bambini. Zach è un diavoletto di argento vivo e dopo poche ore con lui sono esausto.

Un bacio,

Giò

Il legame fra me e Zach era intenso, forse troppo, e spesso Giovanni sceglieva di non prendere nessuna iniziativa per svezzare il bambino da me. Preferiva coltivare il proprio rapporto con Zach per conto suo, senza la possibilità di un mio intervento, mentre quando eravamo tutti assieme tendeva a ritirarsi, forse intimidito dalla concorrenza. Gli unici momenti in cui riuscivamo a stare bene tutti e tre erano quelli in cui andavamo al parco giochi di Bleecker Street, l'oasi dei bambini: un triangolo verde incastonato in mezzo alle tre arterie principali del Village dove a volte portavamo Zach nel weekend quando non avevamo altri progetti. Qui mio figlio veniva istantaneamente attratto dai coetanei, che diventavano il suo pubblico e i suoi compagni di giochi. In quelle occasioni, Giovanni e io riuscivamo a passare ore osservandolo e giocando con lui su un piano di parità. Se gli serviva una gamba dietro cui nascondersi mentre giocava a acchiapparella, o una mano che lo aiutasse ad arrampicarsi sugli attrezzi da ginnastica, qualsiasi arto adulto andava bene: le richieste che normalmente riservava ai genitori si diluivano.

Giovanni mi spiegò che prima di allora non si era mai trovato a dover affrontare simultaneamente la competizione di un rapporto a tre, dal momento che Stefano abitava alternativamente a casa del padre e della madre. È penoso, oggi, ripensare a quei primi tempi. Per quanto a volte fossero difficili, erano pur sempre una superficie scabra che col tempo si sarebbe potuta levigare. Ma quel che ci sarebbe stato negato era appunto il tempo, e con esso la possibilità di raggiungere un compromesso. Sono certo che Giovanni avrebbe dato qualsiasi cosa per riuscire un giorno a conquistare la fiducia di Zach tanto da poterlo mettere a letto o da giocare a palla tutti e tre insieme. Ma di lì a qualche mese, quando per mio figlio veniva l'ora di andare a letto Giovanni dormiva già da un pezzo e il semplice tragitto fino al bagno esauriva tutte le sue forze.

lunedì, 17 settembre 1990

Cara mamma,

solo poche righe. Ho cercato due volte di telefonarti, venerdì e di nuovo oggi, ma non ti ho trovato. Volevo prima di tutto ringraziarti per essere andata ai funerali di Pajetta. So quanto poco ami queste cose, ma credo che per Stefano sia stato importante che qualcuno della sua altra famiglia fosse lì per condividere il suo lutto. Purtroppo io non ero al suo fianco. Avevo già prenotato un posto sull'aereo delle 21 giovedì e sarei stato a Roma alle 11 venerdì. In tempo per la camera ardente, il funerale "di Stato" e quello familiare a Taino. Ma parlando con Stefano non sentivo questa richiesta. [...] Alla fine ho trovato Giovanna a casa di Miriam, piangente appena mi ha sentito ma affettuosa e piena di considerazione, che mi ha ribadito di non venire. Così ho cancellato la prenotazione ma poi nei giorni seguenti mi sono sentito lacerato e confuso, guardando i funerali e vedendo Stefano alla tv (qui visibile via cavo) tutto serio, e leggendo sul "Corriere" che era "emozionatissimo", [...] sentivo che il mio dovere sarebbe stato di essere lì.

Comunque, è passato, e inutile piangere sul latte versato. Verrò a trovare Stefano a fine ottobre. Sarò a Roma la mattina del 26 (non glielo dire, è una sorpresa – vorrei presentarmi all'uscita di scuola).

[...] È tanto che non ti sento, e molto, molto di più che non ricevo niente di scritto da te. Mi dà tue notizie Emanuela, ma è sempre attraverso il suo filtro. Vorrei sapere più direttamente come stai.

Io, a parte i patemi funerari e in genere la nostalgia di Stefano, sto molto bene. Molto concentrato sulla vita privata, sul conquistare la fiducia di Zach, sul costruire un nido familiare tiepido e accogliente. Brett è perfetto. Abbiamo spesso gente a cena e lui cucina benissimo. Hai poi letto *Roads to Rome*, l'ultimo racconto della raccolta di David Leavitt? Hai sogghignato, riconoscendo mescolati e alterati i dati biografici di almeno cinque persone che conosci?

Ora devo proprio mettermi a lavorare di buzzo buono. Ho una scadenza per un pezzo su Dinkins e ora che sono un padre di famiglia non posso più star su tutta la notte.

Un grande abbraccio,

Giò

New York, Rosh Hashanà,
primo giorno dell'anno 5751
(o giovedì, 20 settembre 1990 A.D.)

Carissima mamma,

la tua lettera del 12 settembre mi ha fatto un enorme piacere. [...] È la prima tua missiva da un tempo molto lungo e anche se in essa dici di non stare molto bene il fatto stesso che mi abbia scritto mi pare dimostri una nuova vitalità, e anche la frase chiave "dipende solo da me". Non che poi sia facile, ma è una conditio sine qua non. E anche la telefonata dell'altro giorno e il fatto che sia andata ai funerali di P. mi fanno pensare che sei più attenta ai bisogni degli altri, e più sintonizzata sul mondo, meno ripiegata su te stessa. E per la prima volta in tanto tempo vuoi sapere davvero come sto. Mi fai molte domande e non ti risponderò con lo scherzo beffardo del figlio di Lalla Romano che a una lettera della madre contenente una ventina di domande rispose così:

1. Sì.
2. No.
3. A volte.
4. Solo quando piove.
5. No.
6. Sì.

E così via, sapendo perfidamente che la madre non aveva tenuto copia delle domande!

Allora, rispondiamo seriamente. Sì, sto andando ancora da Martha, una volta la settimana. Nella prima seduta dopo le vacanze le ho annunciato la mia intenzione di sospendere la terapia e con mio lieve scorno lei si è detta entusiasta e convinta che ora posso farcela da solo. Così adesso sono io che sto frenando e ogni settimana porto fatti nuovi interessantissimi così che non fissiamo mai la data dell'ultima seduta. Ma penso che entro settembre-ottobre dovremmo concludere. Aiuto!!! Sono più di dieci anni che sono in terapia, tra Gindro e Martha, e non so più come si vive senza! Comunque Martha non è per fortuna una freudiana stretta e potrò sempre tornare per una seduta occasionale se avrò bisogno di una verifica.

La salute va bene, anche se i miei linfociti T4 sono ahimè scesi al livello record di 128 (io scherzando dico che finché restano superiori al mio peso, che è di 125 libbre, non c'è da preoccuparsi). Faccio sempre tanta cacca, a volte molle, a volte con estrema urgenza. A volte la notte sudo. Una sera ho avuto un po' di febbre, ma resto comunque *l'unico* tra i miei conoscenti (tutti sieronegativi) a non avere avuto influenza o raffreddore in più di quattro anni. Mi stanco facilmente e dormo tanto (se lasciato a me stesso anche nove-dieci ore). Sono accudito amorevolmente da Brett il quale fa di tutto perché Zach non mi svegli e mi cucina buoni mangiarini come una vera Jewish Mama (io mi ingozzo ma continuo non si capisce perché a non aumentare di un chilo). Continuo ad andare in palestra, sia pure irregolarmente, e prima del sollevamento pesi faccio sempre venti minuti di cyclette a difficoltà 3 (l'equivalente di circa sei miglia e mezzo con salite anche ripide).

Vita quotidiana: in questo periodo molto casalinga, come ti puoi immaginare. Mi sveglio tra le sette e le otto. Lunedì, giovedì e venerdì porto Zach a scuola. Vado in ufficio, dove ho una certa difficoltà a concentrarmi e a essere produttivo. Ogni due-tre giorni mando una letterina a Stefano con i comics ritagliati (oggi, suo primo giorno di scuola, l'ho chiamato e lui mi ha detto: "Non mi mandare tante lettere che poi mi vengono i sensi di colpa perché non ti rispondo"). Verso le sei-sei e mezzo arrivo a casa. Ho ottenuto di dividere il nostro pasto da quello di Zach perché Brett diventava nervosissimo e si irritava con il bambino che non è un gran mangiatore né molto disciplinato. Così gli diamo un po' da mangiare, poi io gli faccio il bagno, e alle otto e mezzo Brett lo mette a letto e noi ceniamo dopo con calma, cosa che all'inizio sconvolgeva Brett, abituato a mangiare alle sei e mezzo (i suoi genitori cenano alle cinque e mezzo!) ma ora si è abituato. Raramente guardiamo la tv; mettiamo in ordine, faccio andare la lavastoviglie e alle dieci e mezzo-undici, massimo undici e mezzo sono a letto. Abbiamo avuto un po' di gente a cena. [...] In genere la domenica sera, proseguendo una loro tradizione, viene John-John, vicino di casa di Brooklyn di Brett, e adorato da Zach. Nei giorni prossimi verranno [...] altri amici. Stasera andiamo a una festa e poi a una serie di reading di scrittori del Sud allo scopo di raccogliere fondi per l'avversario del reazionario senatore della Carolina, Jesse Helms. [...] Quindi come vedi non è che facciamo la coppietta rinserrata. Però stiamo anche molto bene da soli.

Mi chiedi di Brett e della sua famiglia. Purtroppo con i suoi genitori sta sobbollendo una crisi che sta per esplodere, fatta di tanto risentimento da parte sua per il loro comportamento (Jewish Mama egoista e autoritaria, padre silenzioso che delega alla madre). È in buoni rapporti con la sorella Barbara che vive in Ohio e ha una bambina di un paio d'anni maggiore di Stefano con cui abbiamo passato un weekend delizioso, e l'altra sorella Leslie che vive in Israele anche lei con una bambina. I genitori stanno a Philadelphia, quindi vicini, ma non vengono mai in visita e lui ci soffre. Di Brett avrei tantissime cose da dire ma in un certo senso per ora non mi va. Comunque è dolcissimo, ma anche lui ha i suoi sbalzi d'umore e le sue fissazioni come tutti, ed è molto attaccato alla famiglia. Presto ti mando una foto e una descrizione più accurata del suo carattere e della sua storia personale.

[...] Con Sam ho pranzato ieri. [...] È ambivalente nei confronti della mia relazione con Brett. Comunque non ha ancora conosciuto né lui né Zach e confido che appena accadrà ne verrà conquistato (Zach, come ti ha detto Manu, è amoroso).

Tu, forza e coraggio! È vero che dipende solo da te, ma ci sono anche tante persone che ti vogliono bene e fanno il tifo, e in prima fila il tuo

Giò

P.S. Hai visto Stefano? Che impressione hai? Pensi di fissare un giorno settimanale con lui?

Il mio lutto ebbe inizio quando Giovanni mi annunciò che i suoi linfociti T4 erano scesi a 128. C'è qualcosa di freddo in una cifra: una qualità astratta, inconfutabile, intangibile che ne fa la forza e le conferisce il potere di suscitare il panico. Com'era tipico di lui, mi dette la notizia mentre cenavamo al ristorante, tentando di minimizzare. Pronunciò le parole come se semplicemente interferissero col sapore del prosciutto che stava mangiando, ma a me fecero un effetto raggelante. Nella mia testa si tradussero istantaneamente nell'annuncio: "Sto cominciando a morire". Da allora in poi, ogni cambiamento del suo stato fisico, per quanto marginale, divenne una nuova crisi, perché ogni volta il senso implicito era lo stesso: "Sto continuando a morire". Nuovi segnali, ciascuno traumatico quanto il precedente, ci costrinsero a rimaneggiare la routine dei nostri giorni, a reinventarla, a creare nuovi ritmi, nello sforzo di spremere un senso di normalità dalle nostre risorse sempre più ridotte.

Verso la fine di settembre Giovanni tirò fuori l'idea di adottare un altro bimbo. "Ciascuno di noi ha già un figlio suo," mi spiegò. "Ma tirarne su un altro insieme cementerebbe al massimo la nostra unione." Io gli credetti. Ma credo anche che malgrado fosse ancora asintomatico, gli sporadici attacchi di diarrea, l'energia ancora presente ma in declino e il leggero calo dei linfociti T4 cominciassero ad avere l'effetto cumulativo di erodere la certezza di Giovanni, secondo cui sarebbe stato lui il primo a non morire di Aids pur avendo l'Aids. Ormai il male non era più invisibile, e ci obbligava a modificare la nostra esistenza quotidiana, sebbene in modo ancora marginale e facile da assimilare. Adesso la minaccia alla sua vita era presente, e questo lo rendeva più audace. Un figlio, un bocciolo di vita, per sopraffare la minaccia della morte e cancellarla. Quanto meno, per aiutarlo a continuare a dimenticare che stava morendo. Il bimbo sarebbe stato un legame, per qualche tempo una speranza, e alla fine il nostro lascito. Promisi che ci avrei pensato; poi, malgrado le mie elucubrazioni mentali non producessero altro che ansia (il problema più ovvio era: come faccio a occuparmi di un bambino, di un neonato e di Giovanni?; l'altro, che da qualche settimana avevo lasciato il mio impiego a tempo pieno per un part-time, contando di usare i due giorni liberi in più per tornare a insegnare e a scrivere), accettai di presentare la richiesta. Le ore passate a compilare moduli e a fare telefonate facevano da cuscinetto fra me e la domanda: "Perché lo sto facendo?"

New York, venerdì 5 ottobre

Carissima Emanuela,

secondo tentativo. La mia prima lettera, scritta al computer, è stata obliterata da Zach che ha messo dei cracker nel drive credendo che fosse un tostapane (oh! oh!). [...] Sorellina, ti voglio tanto bene. Te e anche Flaminia siete tra le ragioni per cui sento nostalgia di Roma. E ora, ovviamente e in primo luogo, Stefano. [...]

Siamo passati attraverso un momento tempestoso mentre discutevamo se adottare un secondo bambino (anzi bambina, io vorrei). Lui era molto angosciato che io nelle mie condizioni di salute mi prendessi un peso eccessivo (è vero che sono *sempre* stanco e assonnato ma credo dipenda più dal mutamento di vita che da un cambiamento medico, anche se è vero che i linfociti T4 sono scesi a 128, il minimo storico). Poi la sua analista gli ha detto: "Non pensare se Giovanni ce la può fare o no, non pensare se Zach sarebbe geloso o contento di un fratellino, chiediti solo: 'Io, Brett, voglio davvero un altro figlio *adesso*?'" E la risposta è stata no. Comunque ci sta già ripensando. È ancora più nevrotico e incerto di me! Yuk, yuk!

Un grande abbraccio,

Giò

6.

New York, 19 novembre 1990

Cara Emanuela,

solo poche righe per ringraziarti ancora affettuosamente della tua ospitalità mentre sono in partenza di nuovo – domattina per San Francisco per la Festa del Ringraziamento. Sono un po' terrorizzato da un volo di sei ore con Zach. Non è come Stefano (che crollava addormentato mentre l'aereo rullava sulla pista e si svegliava solo all'atterraggio!). A proposito di Stefano, la tua affettuosa premura materna e la presenza di Sara hanno reso il nostro soggiorno in via Mameli molto più piacevole per lui e confortante per me. Grazie, grazie, grazie.

Per il resto, dovrei – immagino – essere preoccupato per il futuro, con tutte le cose da fare che ci sono e l'apparente difficoltà di incastrarle (riuscirete ad affittare l'appartamento della mamma in via Luciani per il 1991? E la casa a Porvietoli per luglio e agosto? Dove starà la mamma? Dove staremo io, Brett, Stefano, Zach e forse la nuova bimba nei primi mesi del 1992? Auuuugh!). Ma in realtà non lo sono. Forse incosciente, forse fiducioso nel destino. Del resto, nelle mie condizioni di salute bisogna essere un po' fatalisti. Controllare il futuro è un'ambizione delirante per chiunque, ma in particolare per me.

Brett era un po' teso al mio ritorno perché non gli dedicavo abbastanza attenzione e volevo leggere i giornali e la posta. Ma poi ho recuperato con una notte di scintille e scintilloni! Stasera andiamo a teatro a vedere "Six Degrees of Separation" (biglietti presi in *luglio* – questo per dirti come funzionano le cose nei paesi anglosassoni). Domattina partiamo e sarà una bella vacanza, con le sue amiche Ann e Nicky (staremo da loro), il mio amico G. V. e i cugini Livia e Daniel. Io e Brett staremo insieme tutto il giorno, senza doveri, e sarà bello. A pensarci, è la prima vacanza che passiamo insieme!

Zach non si è disabituato a me nei dieci giorni della mia assenza, ed è affettuoso e vivace come sempre. Il legame si stringe ogni giorno. È estenuante (ieri sera alle dieci ha telefonato David S. e io dormivo profondamente!), ma molto rallegrante. Mi aiuta a sentire meno la mancanza di Stefano.

[...] Un bacio,

Giò

Per tutta la durata della nostra vacanza a San Francisco, Giovanni dormì una quantità di ore impressionante. Al mattino si svegliava tardi, il pomeriggio faceva una lunga siesta e ogni sera alle nove e mezzo era già bell'e addormentato. Mi assicurò che era sempre molto sensibile al *jet lag*, e quel doppio viaggio in cui aveva cambiato fuso orario nove volte aveva acuito il fenomeno all'estremo. Volli credere a quella diagnosi.

Ma anche dopo che fummo tornati a New York non si riprese mai del tutto. I riposini pomeridiani divennero indispensabili e le serate trascorse assieme si fecero sempre più brevi. Emergendo dalla camera di Zach dopo averlo messo a letto, quasi sempre trovavo Giovanni profondamente addormentato sul divano. Decidemmo che al mattino non avrebbe più messo la sveglia, ma si sarebbe svegliato quando glielo diceva il suo corpo. E l'orologio interno lo svegliava sempre dopo che Zach era uscito per andare all'asilo: finì così anche l'epoca in cui Giovanni e Zach passavano insieme le prime ore della giornata. Giovanni smise anche di alzarsi con Zach alla domenica: lo sforzo lo lasciava un po' fiacco per tutto il resto della giornata. Si fecero sempre più rari anche i weekend passati al parco giochi tutti e tre assieme. Adesso uscivo io con Zach, mentre Giovanni restava a casa a fare la siesta. A volte ci raggiungeva più tardi, a volte no. Ogni giorno che passava mi ritrovavo a dovermi occupare, anziché di una sola persona, di due, ciascuna delle quali aveva esigenze, orari e ritmi sonno-veglia diversi dall'altra. O mi ritrovavo da solo con Zach, oppure giocavo con Zach mentre Giovanni restava sullo sfondo. Nei giorni fortunati – e rari – in cui Giovanni aveva fatto una siesta particolarmente lunga e protratta, riusciva a restare sveglio anche dopo che Zach era andato a dormire: in quei casi, la sera avevamo un'oretta da passare assieme.

Mattina o pomeriggio che fosse, quando Giovanni dormiva mi sentivo sempre in dovere di portare fuori il bambino. Nei weekend, alle sette e mezzo di mattina Zach e io eravamo già per strada: lui se ne andava in giro sul triciclo, facendo brevi soste per raccogliere sassi, per saltare su e giù dai gradini d'ingresso delle case o per visitare la stazione di servizio locale, dove c'era un distributore di *jelly beans* e un inserviente pakistano che Zach aiutava a mettere la benzina nei serbatoi delle automobili. Alle dieci e mezzo tornavamo a casa e io preparavo la colazione per tutti. A quel punto la mia energia cominciava già a scemare, e sapevo che avrei potuto godere della preziosa compagnia di Giovanni solo per qualche ora, prima di ritrovarmi ancora una volta solo, esiliato dall'appartamento in compagnia di mio figlio.

I weekend, poi, li odiavo. Erano solitari, tediosi, ingiusti. Anche quando mi facevo dare manforte da altri genitori, non potevo impedirmi di pensare a ciò che non poteva esistere nel mio rapporto con Giovanni. Certe volte, ad esempio a un party, o al parco giochi, quando mi trovavo nel mondo delle coppie sane e piene di energia, mi sentivo schiacciato dal confronto. Le invidiavo tutte dalla prima all'ultima; anche se le responsabilità non erano equamente ripartite, erano sempre, in qualche misura, condivise. No, non di loro ero invidioso, ma del loro potenziale in quanto coppie. Immaginavo uno dei due che giocava con il bambino mentre l'altro preparava la cena, oppure uno che andava a fare la spesa mentre l'altro tappava gli spifferi delle finestre con le strisce di gomma. Li vedevo al termine della giornata, quando, messo a letto il bambino, si ritrovavano finalmente insieme, esausti, e guardandosi negli occhi scorgevano i segni dello sforzo comune: era come un collante che rafforzava il legame. Io invece mi sentivo defraudato e solo. Eppure, in quella fase la malattia segnalava la sua presenza soltanto con la mancanza d'energia, o piuttosto con il bisogno di dormire; e io ero talmente ignorante in fatto di Aids da credere che quello stato letargico fosse transitorio, o comunque si potesse curare con una dieta adeguata e tanto riposo.

Da sveglio, Giovanni era sempre impegnato in qualcosa, fisicamente e mentalmente. Era un grande entusiasta della vita, e negava la malattia quanto più poteva. Non esitava minimamente a invitare gente a casa anche quando sapeva che il suo corpo avrebbe desiderato allo spasimo una siesta; non ricordava mai di fare l'inventario delle sue medicine per esser certo che bastassero per il weekend; non gli veniva neanche in mente di porre qualche domanda al suo medico, durante le visite di controllo che faceva regolarmente ogni sei settimane. Con la malattia non voleva avere niente a che fare, ed era convinto di poterla scacciare fuori dal suo corpo ignorandola, con un misto di noncuranza, sfida e ottimismo. Io, d'altro canto, mi sentivo bene solo quando riuscivo a credere di esercitare in qualche misura un controllo sulla malattia, ed esprimevo il mio bisogno di controllo sottoponendo a diligente supervisione il sonno, il peso, la dieta e la terapia di Giovanni, nonché divorando tutte le informazioni sugli studi sperimentali in corso su cui riuscivo a mettere le mani. Nel giro di poco tempo mi ritrovai a preparargli tre volte al giorno un pasto meticolosamente bilanciato, a confezionare e frullare ogni sera una miscela ad alto contenuto proteico e calorico, a dispensargli le medicine, a spedirlo a letto al minimo accenno di sbadiglio e a intrattenere consulti privati con il suo medico, tentando di capire e prevedere tutto ciò che Giovanni non mostrava il minimo interesse a capire o a prevedere. Il nostro approccio diametralmente opposto alla malattia provocava frequenti discussioni fra noi, ma credo che, segretamente, ciascuno di noi fosse grato all'altro, perché quella divergenza riportava una sorta di equilibrio in una situazione che rischiava di chiuderci in una morsa mentale prima ancora che le componenti fisiche prendessero il sopravvento. Le nostre motivazioni erano identiche: cercare, in qualche modo, di stornare il maleficio.

In novembre uscii per una delle mie ultime serate "da scapolo". Andai a cena insieme al mio migliore amico, anche lui sieropositivo, in un ristorante del Village. Lui si era portato dietro una cartellina contenente alcuni fogli informativi su un trattamento sperimentale per sieropositivi o malati di Aids, che veniva effettuato in una clinica privata in Svizzera. Il trattamento di per se stesso era abbastanza semplice, non tossico, e costoso. Si prelevava al paziente circa mezzo litro di sangue, che veniva miscelato con carcerano, sottoposto a un trattamento a base di ozono e reiniettato. Il trattamento veniva praticato per tre giorni di fila e durava mezz'ora ogni volta. Inoltre, per sei mesi il paziente doveva prendere del Rovital-V in gocce e sotto forma di gel, e fare iniezioni intramuscolari di Carciviren. I risultati ottenuti fino a quel momento sembravano molto promettenti: i pazienti ritornavano gradualmente allo stadio asintomatico e il numero dei linfociti T4 aumentava.

Presi quei fogli, me li portai a casa e li misi in una scatola dove avevo iniziato a raccogliere tutte le informazioni che trovavo sulle terapie sperimentali. Nel giro di un mese altre tre persone mi parlarono di quel trattamento; allora cominciai a cercare informazioni più dettagliate, prima di tutto telefonando a molti ammalati che lo avevano già fatto. Più dati raccoglievo, più aumentavano le mie speranze. A quel punto ne parlai a Giovanni e decidemmo di spedire una richiesta di ammissione alla clinica, cercando di farci dare un appuntamento per la settimana successiva al nostro arrivo a Roma. Il nostro unico timore era dovuto al fatto che per una settimana prima del trattamento, e poi per tutta la sua durata, occorreva sospendere tutti i farmaci abituali, incompatibili con le sostanze che componevano la cura svizzera. Sebbene ci rammentasse ogni volta l'odiosa presenza del virus, Beedie conteneva pur sempre gli intrugli chimici che si supponeva ne rallentassero l'avanzata, e la prospettiva di richiudere quel magico scrigno era inquietante. In fondo, non c'era nulla di definitivo: qualsiasi trattamento si poteva contestare se uno si documentava a sufficienza, e i pareri dei medici si elidevano a vicenda. Ogni decisione finiva inevitabilmente coll'assomigliare a una scommessa basata su fattori non scientifici: istinto, grado di fiducia, disponibilità a correre rischi. Ricordo che quell'ottobre, mentre compilavo la richiesta di ammissione da trasmettere per telefax in Svizzera, ebbi una visione fugace ma nitidissima di Groucho Marx. Riuscii a capire a cosa si riferisse quell'immagine solo qualche giorno dopo, quando, parlandone alla mia analista, mi tornò in mente che un tempo il comico presentava un programma televisivo intitolato *You Bet Your Life*: "Puoi scommetterci la vita".

New York, venerdì 30 novembre 1990

Cara Donatella [la seconda moglie del padre di G.],

frugando nella mia borsa [...] ho trovato questa lettera mai spedita.

Nel frattempo siamo andati a San Francisco a passare una vacanza di Thanksgiving bellissima. Il tempo era perfetto. Abbiamo avuto una cena in una casa bella arrampicata sulle colline di Oakland con vista sulla baia e estenuante tramonto fiammeggiante con il Golden Gate e la silhouette della città.

[...] In questi giorni sono spesso stanco, senza nessuna speciale ragione, e dormo nove, dieci e anche undici ore (due volte sono arrivato a tredici). Dolori alla schiena e un po' di guai di stomaco contribuiscono al mio non sentirmi in forma, molto poco creativo e ancora meno disciplinato. La contemporanea uscita dei libri di due mie amiche ha contribuito a questo senso di mancanza di scopo, di spreco delle mie capacità in un settimanale che ormai *nessuno* che io conosca legge (esclusa la mia fedele Nonna Maria che continua a comprare l'"Espresso" tutte le settimane). Ma i temi che potrebbero essere i miei mi spaventano, e ancora di più mi spaventa la mole di lavoro necessario per produrre un libro non sciatto, non banale, non casuale, non raccogliticcio. Non so se ne sono capace. Mi sento privo di energia, contribuisco molto meno del cinquanta per cento al lavoro domestico necessario; per fortuna Brett è molto attivo e accudente e sembra riuscire a fare la spesa, cucinare, lavare i piatti, badare al piccolo, tutto nei dieci minuti che io mi sono sdraiato sul sofà a leggere le notizie. Per di più da quando è passato a part-time lui ha cominciato a scrivere e ora va come un treno (e io sono un po' invidioso). Bah, non dovrei permettermi questi "blues". In parte mi rattrista la situazione della mamma, e mi pesa la lontananza da Stefano. Dopodomani è il suo compleanno, il primo da quando è nato al quale non parteciperò.

[..] Ma ora basta con le lamentele, che sono veramente ingiustificate. Scrivimi presto.

Un grande abbraccio,

Giò

New York, sabato 5 gennaio 1991

Care Mamma e Emanuela,

Stefano è ripartito oggi. La sua visita tanto desiderata è passata in un lampo. Sono un po' triste, ma sono anche contento perché è andata veramente bene. Temevo che potesse essere geloso di Zach, o di dover dividere la sua stanza, o che non andasse d'accordo con Brett, o che la lontananza avesse incrinato o comunque modificato qualcosa nel nostro rapporto. Invece è andato tutto al meglio. Stefano è veramente un ragazzo d'oro, amoroso e ben disposto e fondamentalmente obbediente. I suoi difetti (non si vuole lavare, mangia come un maiale, è pigro) sono correggibilissimi e comunque non alterano la sua personalità. È stato giocoso con Zach, e ha approfondito il rapporto con Brett. Molto è stato anche merito di Brett che ha veramente dedicato a Stefano molta attenzione e premura, allo stesso tempo senza timore di dirgli chiaramente cosa pensava di alcuni suoi atteggiamenti e chiedendogli di fare delle cose (appendere la giacca, sparecchiare la tavola, ecc.). Con un po' di risse e di negoziati gli abbiamo fatto fare i compiti quasi tutti i giorni e la doccia un giorno sì e uno no. L'ossessione videogiochistica e televisionaria è stata tenuta sotto controllo, anche se non serve farlo per dieci giorni a New York quando a Roma non ha nessun limite. Brett è rimasto esterrefatto quando Stefano gli ha detto che Giovanna passa davanti al Nintendo più tempo di lui! [...] Una cosa è certa: si è sentito amato. Quando è arrivato c'erano tanti palloncini colorati alle pareti e uno striscione sul soffitto che diceva: "Welcome back". E ieri sera siamo andati a cena in un ristorante e al momento del dessert il cameriere ha portato una torta con una candelina e la scritta: "Buon viaggio. Ci mancherai". Penso che nel complesso abbia trovato la casa più accogliente di quando era solo con me, sia perché è più animata sia perché Brett è molto accudente, cucina un'ottima cena ogni sera e non fa le schifezze che usavo spesso fare io (tipo ordinare una pizza e mangiarla davanti alla tv). Ma non è che sia stato monopolizzato da noi. Ha visto una volta Paul (battaglia a palle di neve e cinema) e varie volte è stato da Matthew (in genere videogiochi a sazietà). Sia l'uno che l'altro sono venuti a casa nostra. Io temevo che potesse essere imbarazzato per la nuova situazione ma il pensiero non sembra averlo nemmeno sfiorato. Sia Sam che il suo ex maestro di violino John Williams gli hanno mostrato il loro affetto: Sam guidando per due ore (adesso vive in campagna) per venire in città a trovarlo per un'intera giornata, e John, che lavora in banca, prendendo la metropolitana per venire downtown durante la sua pausa di pranzo per mangiare con Stefano e noi in un ristorantino di Tribeca.

[...] Cara mamma, sia Brett che io siamo felicissimi del tuo arrivo. La nostra vita è un po' noiosina e casalinga forse, ma non credo che ti aspetti o desideri fuochi d'artificio. È tanto che non stiamo un po' insieme a lungo, e avremo tempo di fare delle belle e lunghe chiacchierate. E se potrò essere utile al tuo lavoro interiore per affrontare i tuoi problemi di fondo, tanto meglio; e viceversa, forse, io affronterò il mio Edipo!

Flami ha ricevuto il regalino compleannesco attraverso Stefano? Abbracciatela molto per conto mio, come Sara e Andrea, e a voi un bacione da

Giò

Le pratiche di adozione erano state avviate e procedevano per conto loro; Giovanni e io cominciammo a parlare di sposarci. Avevamo in mente una cerimonia ebraica tradizionale in sinagoga – per quanto poteva permetterlo la tradizione – seguita da un piccolo rinfresco a casa nostra. Sebbene entrambi desiderassimo un matrimonio semplice e poco dispendioso, i preparativi richiesero comunque tempo e lavoro. Cominciai così a passare i miei "giorni liberi" di recente acquisizione a girare per la città consultando rabbini, andando in biblioteca a studiare le cerimonie e i contratti di matrimonio della tradizione ebraica, comprando fedi, *kippòth*[1] e *talèd*,[2] parlando con tipografi, fotografi e ditte che organizzavano ricevimenti a domicilio. Ogni volta che mi trovavo a passare davanti a una farmacia o a un dispensario ancora inesplorato, mi fermavo a far provvista di proteine liquide e rimedi omeopatici con cui integrare il trattamento prescritto dal medico di Giovanni. Intanto il mio risentimento s'inaspriva sempre più. C'era uno squilibrio evidente nella divisione del lavoro e nella distribuzione dei compiti fra me e Giovanni. Cominciavo a essere oppresso dalla mia stessa efficienza. Cercavo di attribuire quel divario alla malattia di Giovanni, ma sapevo benissimo che dipendeva dalla mia tendenza innata a occuparmi di tutto non meno che dalla generale avversione di Giovanni per le responsabilità. Era futile cercare di distinguere fra le attività cui Giovanni non partecipava per colpa della malattia e quelle cui non partecipava per via della sua pigrizia. Visto che a stento riconosceva l'esistenza della malattia, era impossibile per lui parlare dei suoi effetti sulla vita di ogni giorno. Quella era la fonte principale dei nostri conflitti, che riuscimmo a risolvere solo quando la malattia costrinse Giovanni a letto e la distinzione divenne chiara come il sole.

Un matrimonio, un neonato, lo sforzo per spremer fuori il meglio della tradizione in un contesto assolutamente eterodosso rappresentavano una sfida al mondo e una sfida alla morte. Il sentimento, la fede inespressa, la speranza disperata era che l'Aids – il quale in genere fa le sue incursioni nei settori più marginali della società – sentendosi annoiato, fuori del suo elemento o mosso da subitanea compassione, decidesse di andare via: come un assassino che conserva uno straccio di coscienza. Una parte di Giovanni non poteva non lasciarsi indurre a credere che l'Aids fosse il castigo per la sua promiscuità sessuale e che se solo fosse riuscito a redimersi la punizione sarebbe stata revocata. Non ho dubbi che, se anche Giovanni non fosse stato ammalato, ci saremmo comunque sposati e avremmo avuto altri bambini; quel che è certo è che avremmo preso le relative decisioni meno in fretta, e le nostre ragioni non avrebbero avuto come ormeggio l'idea di esorcizzare un

[1] I tradizionali zucchetti ebraici [*N.d.T.*].

[2] Scialle da preghiera bianco e azzurro. Durante la benedizione, gli sposi stanno in piedi vicini con il capo coperto dallo stesso *talèd* [*N.d.T.*].

maleficio. Perché, in fondo, matrimonio e figli rappresentavano proprio questo: ormeggi ai quali ci appigliavamo nel tentativo di tradurre in realtà l'idea che volevamo tener viva, e cioè che l'Hiv non sarebbe mai maturato fino a diventare Aids, che Giovanni non sarebbe morto.

Silvia, la madre di Giovanni, arrivò a metà gennaio, poco tempo dopo la partenza di Stefano, e rimase da noi sei settimane. Donna estremamente intelligente, percettiva e fragile sul piano emotivo, aveva recentemente attraversato anche lei una crisi personale, e giungeva a New York con l'aspettativa che le nostre cure l'avrebbero rimessa in condizioni accettabili, o quanto meno che ci occupassimo di lei finché non avesse recuperato le sue forze. Le cedemmo la nostra camera da letto e il nostro bagno; noi avremmo dormito sul minuscolo divanoletto del salotto e avremmo utilizzato il bagno comune che dava sul corridoio. Per le sue sieste, Giovanni continuò a servirsi della nostra camera e al mattino, quando Zach si alzava, s'infilava nella sua stanzetta per dormire un altro po'.

Silvia era molto ansiosa, soprattutto quando le sue giornate non avevano una struttura definita. Se si svegliava senza avere un programma per la giornata veniva colta da un panico inconsulto. Giovanni e io avevamo sempre pronto un piano per i giorni in cui entrambi dovevamo lavorare; lui di tanto in tanto si prendeva una giornata di libertà per trascorrerla con Silvia; i miei due giorni liberi a settimana li passavamo sempre in sua compagnia, ed erano piacevolissimi. Ero felice di cominciare a conoscere la mia futura famiglia, e fra Silvia e me s'instaurò subito una confidenza che rendeva superflua ogni cautela eccessiva. D'altro canto, com'era mia abitudine, mi facevo carico di provvedere alla sua ripresa, e questo non mancava di attizzare il mio senso di oppressione e il mio risentimento.

9 febbraio 1991

Cara Flaminia,

sono sul treno Port Jefferson-New York. Stamattina sono andato lì con la mamma. L'ho lasciata lì con Angelica e sto tornando da Brett. Lei rientrerà domani pomeriggio. Come sta? Ha molti alti e bassi. [...] Era tanto che non stavo a lungo con lei sul mio territorio e per me è piuttosto difficile. Brett è un angelo e mi aiuta parecchio. Le presta molta attenzione e non si secca che lei sia sempre presente in quelli che altrimenti sarebbero stati nostri momenti a due. Per esempio la sera del mio compleanno, giovedì, mi hanno portato a cena al ristorante toscano. [...] E di nuovo per San Valentino andremo tutti e tre a vedere *Il flauto magico* al Met, con scene di David Hockney. Lui ha estreme difficoltà con la sua, di mamma (in questo periodo non si parlano), ma con la nostra è affettuosissimo. Invece si lamenta di me, e purtroppo sono accuse che ho già sentito da altri in passato (e quindi hanno sicuramente elementi di verità): che io sono troppo concentrato su me stesso, che non gli bado, che leggo il giornale e poi guardo anche le news mentre lui sta cucinando e in più deve anche combattere con Zach, che mi faccio servire mani e piedi, che lui a volte si sente invisibile... sto facendo un grande sforzo per cambiare comportamenti ma non sembra mai abbastanza. Gli voglio un bene grandissimo e posso anche forzarmi a non accendere la tv, ma la verità è che preferirei guardare le notizie. Soprattutto ora. Mi accorgo di averti scritto una lettera esclusivamente privata, senza alcun accenno alla guerra o ai miei problemi con l'"Espresso", ma forse è meglio così.

Un grande abbraccio,

Giò

sabato, 2 marzo

Cara Emanuela,

buon compleanno in ritardo! Spero che ti piaccia il mio regalino. Il golf tuo e di Flami mi è piaciuto moltissimo e lo metto spesso. È pomeriggio di una giornata grigia e tiepida. La mamma dorme qui in salotto. Zach in camera sua. Brett in camera nostra della quale si è riappropriato con mossa fulminea appena la mamma ha fatto le valigie. Tutti dormono stremati dalle tensioni esplose nelle ultime ore, dovute a un accumulo di fattori: in parte il protrarsi della presenza della mamma qui, in parte le differenze di carattere e personalità e aspettative tra Brett e me: lui Cancro, appiccicaticcio, dipendente, casalingo, ombroso, organizzato, bisognoso di attenzioni, io Acquario, vago, egocentrico, disorganizzato, bisognoso di spazio per respirare. La notte scorsa praticamente non abbiamo dormito. Abbiamo discusso fino alle due, poi alle quattro io mi sono svegliato e abbiamo ricominciato tutto da capo, alle cinque e mezzo abbiamo cercato di ridormire ma: prima il gatto ha fatto la cacca nella cassetta raspando raspando, poi il caffè nella macchinetta automatica in cucina ha cominciato a sobbollire (noi dormivamo in salotto senza porta), alla fine un po' dopo le sei Zach si è alzato e a quel punto io sono andato in camera sua e ho dormito fino alle dieci e mezzo. La mamma si è molto agitata dei nostri litigi, sempre riferendoli a sé, naturalmente, e dicendo che "proprio il suo ultimo giorno qui" non dovevamo farlo. [...] È parecchio in competizione con Zach per la mia attenzione e dice che "gliele do tutte vinte" però ha avuto anche dei momenti teneri con lui.

Nel complesso direi che sta meglio di quando è arrivata. Le crisi e gli attacchi d'ansia continuano ma li controlla meglio e sembra sapere che passeranno. Quel che mi turba è la "tristezza mortale" che la prende non appena deve passare un giorno da sola. È come se non avesse combustibile proprio e avesse sempre bisogno di rifornirsi da altri.

La guerra è finita e non si può non provare un senso di sollievo. È stata una tragedia, sono morti decine di migliaia di poveri iracheni e kuwaitiani, i pozzi di petrolio continueranno a bruciare per mesi, con chissà quali conseguenze ecologiche, il Golfo è contaminato. Eppure poteva essere una tragedia di proporzioni incomparabilmente maggiori: da qui il sollievo. Allo stesso tempo non si può non osservare che le radici della violenza non sono state rimosse: l'avidità, la tirannia, lo sfruttamento, l'imperialismo, le diseguaglianze, la demagogica predicazione fondamentalista e nazionalista, i due pesi e due misure. Quanto tempo ci vorrà prima che spunti un altro Saddam Hussein? Tu sai quanto io sia favorevole all'Onu e all'idea di governo mondiale, eppure l'esordio non è stato dei più felici. D'altro canto l'aggressione al Kuwait non poteva restare impunita. Come vedi ho sentimenti e pensieri molto contradditori, ma è stato così per me fin dall'inizio di questa guerra.

Lunedì avremo notizie dal Texas. Se il padre biologico accetterà di rinunciare ai suoi diritti, avremo un/a bambino/a tra poco più di un mese. Mezzo tedesco, mezzo nero! Sono pieno di aspettative anche se Brett saggiamente mi esorta a non lasciare briglia sciolta finché non siamo sicuri. Quando sapremo la data, e ora che la guerra è finita, vorrei venire una settimana a trovare Stefano. Temo che non potrò stare da te, che dici? Potrei stare in via Luciani? O da Pia? Ti farò sapere se vengo, e quando. Stefano verrà a N.Y. una settimana per il matrimonio (data provvisoria: 23 giugno) e ci terrei *tanto* che anche tu venissi. Poi a luglio andrà in Africa con Giovanna e ad agosto tornerà qui dove affitteremo una casa a Fire Island, dove io starò con i bimbi e Brett farà avanti e indietro.

Un grande abbraccio,

Giò

A parte la gradita compagnia di una persona adulta, la visita di Silvia mi fece capire chiaramente come sarebbe stato avere in casa una terza persona *per la quale* fare cose, anziché farle *con* lei. Silvia costituiva una nuova sfera di esigenze, e io vedevo e sentivo i risultati della sua presenza sul mio sistema nervoso, oltre che sul mio rapporto con Giovanni. Ero oberato, o quanto meno così mi sentivo; lo sforzo di prestare ad altri un quantitativo sovrumano di cure scatenò una tale serie di esplosioni e di conflitti interni che decisi prima di tutto di entrare a far parte di un gruppo di sostegno, e poi di rinunciare all'adozione. Quest'ultima decisione la presi solo dopo che Silvia mi ebbe accompagnato a Long Island dall'assistente sociale incaricata di osservare il nostro ambiente familiare in vista dell'adozione. Tirando Silvia dentro la faccenda, speravo di renderla più malleabile nei confronti della nostra intenzione, ma anche di dare al mio desiderio di adottare un altro figlio almeno un minimo di credibilità rispetto al mondo esterno, quello che non era fatto solo di Giovanni e di me. Con l'approssimarsi della fine del periodo di osservazione, Silvia sembrava ogni giorno più entusiasta all'idea del nuovo bimbo. Tuttavia, scelse proprio quel momento – ricordo che stavamo andando a prendere il treno – per raccontarmi come era venuta a sapere che Giovanni era sieropositivo e come da allora faceva i conti con quella consapevolezza. Fu, credo, il suo modo di dirmi: "Pensaci bene, non dimenticare in che razza di situazione ti accingi a quest'impresa".

Giovanni accolse molto positivamente la prima delle mie due decisioni, quella di entrare in un gruppo di appoggio; ma la seconda, quella di rinunciare all'adozione, fu straziante per lui. Mi ci volle del tempo per prepararmi a dirgli che era meglio lasciar perdere. Sapevo che l'avrebbe presa male, soprattutto per via del significato simbolico. Fatto salvo che non poteva più mangiare il *sushi* e i molluschi, fino a quel momento non c'era nulla che Giovanni avesse dovuto eliminare del tutto dalla sua vita. Le sue attività si restringevano, venivano modificate o richiedevano più tempo, ma non erano mai veramente cessate. Il figlio nuovo, invece, doveva smettere di esistere. Non poteva certo entrare nella nostra vita a part-time, solo quando Giovanni se la sentiva, e io non ce l'avrei fatta a occuparmene da solo mentre Giovanni restava sullo sfondo. Per il nuovo bimbo non c'era più posto nella nostra sfida inespressa all'Aids. Dovevo scegliere fra eliminarlo o soccombere, ben sapendo che per Giovanni quella sarebbe stata la prima resa dichiarata. Quando venne il momento, Giovanni e io eravamo seduti vicini sul divano. Gli presi le mani. Due ore dopo il nostro bambino era morto; e il pezzo di Giovanni che si portò via non era meno vitale di tutti i bersagli anatomici che l'Aids, di lì a poco, avrebbe preso di mira e distrutto a uno a uno.

7.

New York, 1° aprile 1991

Cara Emanuela,

giorni di alti e bassi emotivi rispecchiati da un tempo variabile all'eccesso. Un giorno fa 25 gradi, caldo, finestre aperte, gente in maglietta. Il giorno dopo la temperatura scende precipitosamente e all'alba del giorno dopo nevica! Adesso sono due giorni che è freddino e piovoso, ogni tanto grandi ventate spazzano via le nuvole e si vede il sole.

Il mio stato fisico e emotivo non è buono. Sono sempre stanco e molto inefficiente. Il massimo è stato raggiunto tra venerdì e sabato. Venerdì sera avevo una febbriciattola a 38,3. Sono andato a letto presto e ho dormito dodici ore. Il giorno dopo a mezzogiorno c'era quella lezione di yoga per sieropositivi, non lontano da casa mia, alla quale sono andato già due volte, sicuramente con effetti benefici. Mi preparavo ad andare, verso le undici e mezzo, quando mi sono reso conto che non ce l'avrei fatta. Ero stremato, e non avevo fatto nulla! Brett mi ha incoraggiato ad andare a dormire (mi ha detto dopo che avevo una faccia tirata da fare spavento) e così ho fatto. Mi stanco a camminare e ancora più a salire le scale. Appena posso faccio riposini, non importa se quella notte ho dormito dieci ore (che è ormai la norma per me). Prendo quasi sempre il taxi, cedendo alla stanchezza e alla facile attrazione di poterli mettere in nota spese per l'"Espresso". Mi sto insomma trasformando in James Revson, e proprio in quei comportamenti che criticavo di più.

La menzione di James Revson non è casuale. Ho avuto sue notizie da Sam. Non buone. È in ospedale con la Pcp (polmonite di Carinii). Non vuole assolutamente che vada a trovarlo ed è molto amaro nei miei confronti. Le mie reazioni nell'apprendere questa notizia sono state di panico, temo non per motivi nobili ma del tutto egoistici. Per chi suona la campana? Io sono il prossimo. Sono in cura dallo stesso medico di James, prendo le stesse medicine, tra cui il Bactrim che dovrebbe prevenire proprio la Pcp. Non poterlo neanche andare a trovare mi fa sentire completamente impotente. Questo è l'inizio della fine e non vorrei che se ne andasse prima di potergli dire che mi dispiace per il male che gli ho involontariamente arrecato. Ma se è l'inizio della fine per lui, perché non per me? Solo perché sono qualche passo indietro, sono come stava lui un anno fa? (escluso il sarcoma di Kaposi, che certo è una bella differenza). Filosoficamente tutti stiamo andando nella stessa direzione, ma la velocità non è la stessa. E io forse avrei dovuto rassegnarmi quando sono stato diagnosticato sieropositivo ma evidentemente conservavo una magica speranza (o aspettativa) che le medicine mi avrebbero salvato. Adesso questa sicurezza viene scossa, e per la prima volta sono esplicitamente non in controllo del mio corpo. Tutto ciò non fa niente per contribuire al mio umore piuttosto depresso. Tutto mi sembra piatto, prevedibile, disconnesso.

La decisione della mamma di non procedere con il nostro progetto di comperare due appartamenti con il ricavato della vendita del suo è stata un bruttissimo colpo per me. Sia per motivi pratici che affettivi. Dal punto di vista pratico sono preoccupato di dover fare una drastica riduzione di spese e per di più di trovarmi in un appartamento piccolo, affollato e carissimo alla Magliana. Mi sento tremendamente in colpa nei confronti di Brett che trascino in questa avventura del trasferimento in Italia, il cui esito può essere ben diverso da quello anticipato. [...] Devo basarmi sostanzialmente sulle mie risorse e sento che queste mi stanno sfuggendo. Ti sono grato per la tua proposta di venire a stare da te e spero molto che si potrà fare, ma devo stare attento a non investirti dell'immagine di madre-surrogata perché è esattamente quella alla quale stai tentando di sfuggire, sempre più energicamente, e non ti ci voglio certo rinchiodare io. Puoi leggere questa lettera a Flami se lo ritieni opportuno.

Un grande, grande abbraccio,

Giò

martedì, 9 aprile

Caro Brett,

finalmente ti sto scrivendo la lettera che ti avevo promesso tanto tempo fa. So che sei insoddisfatto del nostro livello di comunicazione, ma per me è troppo penoso parlare di certe cose di persona, così ho pensato di scriverti. Stamattina mi ha telefonato Emanuela; voleva sapere come sto, e appena ho cominciato a dirglielo mi è venuto un groppo in gola e ho dovuto trattenere le lacrime. Non posso permettermi che mi succeda lo stesso con te. Lei è stata molto severa, ha detto che devo scacciare tutti i pensieri negativi e che farei bene a ringraziare Dio per tutte le cose buone che mi ha mandato: te in primo luogo. Poi mi ha detto: hai bisogno di dormire spesso? Ringrazia che *puoi* farlo, e basta. Sembrava sollevata (dal peso di nostra madre) e piena di energia. Sta studiando Reiki (non so se si scrive così) seriamente e il prossimo passo sarà "mentale", cioè vuole trattarmi a distanza: lei mi dirà l'ora e io dovrò sdraiarmi sul divano e rilassarmi. Io a queste cazzate non ci credo, ma se le fa piacere lo farò. Buone notizie anche a proposito di Flaminia: l'ufficio le ha offerto un viaggio-premio a Vienna e Budapest.

Sono seduto fuori dal playground di Bleecker Street. La compagnia non è precisamente di quelle che ti sollevano il morale. Ci sono alcuni neri che dormono. Altri, bianchi e un po' più anziani, che leggono. Alcuni bianchi dall'aspetto emaciato stanno seduti con lo sguardo fisso nel vuoto. Un tizio con i capelli molto lunghi, che quando è arrivato aveva un aspetto ragionevolmente mascolino, si sta truccando con gesti frenetici e intanto si guarda in uno speciale specchio che ingrandisce (aspetta, adesso si alza e se ne va). Il tempo non è gradevole come in questi ultimi giorni. È afoso e coperto, e in un certo senso il caldo sembra meno sano.

Un vecchio travestito con i capelli tinti di rosso si è appena seduto accanto a me, e io avrei voglia di andarmene, però ho anche voglia di continuare a scriverti. Purtroppo sembra che non riesca a elevarmi al disopra dell'immediato e dell'aneddotico, il che non è quello che avevo in mente.

Le parole che ti devo dire sono molto difficili da pronunciare, anche per iscritto. Prima di tutto voglio dirti quanto ti amo, che grande cambiamento hai portato nella mia vita e quanto mi fa orrore l'idea di lasciarti. Ma dobbiamo essere adulti e guardare in faccia ogni possibilità, specie perché siamo responsabili nei confronti di altre persone (nel tuo caso, di Zach). Non riesco a scacciare dalla mente la visione di te sperduto in Italia, solo con uno o due bambini (uno dei senzatetto neri si è appena svegliato). Che cosa potresti fare? Dubito che la mia famiglia e i miei amici potrebbero aiutarti, se non simbolicamente. Se a questo si aggiunge il dolore della perdita, gli effetti potrebbero essere devastanti. Penso che prima del trasferimento vero e proprio dovremmo valutare bene le mie condizioni fisiche e poi decidere. Non sopporto l'idea di andare incontro a qualsiasi cosa senza avere te al mio fianco, quindi forse dovrei restare qui. Intendo dire: lo scopo del nostro trasferimento è che io possa stare con Stefano, ma se poi non ne ho la forza? E inoltre: faccio bene a obbligarlo ad assistere alla morte di suo padre? Forse non è giusto e contraddice le nostre idee su ciò di cui ha bisogno. Manu probabilmente direbbe che questi sono pensieri negativi, ma secondo me sono semplicemente realistici. Se io non partissi spezzerei il cuore a Stefano, ma sappiamo che in futuro starebbe ancora peggio. È una di quelle situazioni in cui nessuno ha niente da guadagnare. Non dico che dobbiamo prendere subito una decisione, ma solo che in dicembre dovremo essere aperti a qualsiasi alternativa. L'unica idea che non posso neanche prendere in considerazione è separarmi da te. Mi rendo conto di quanto sia egoistico.

So che ti senti frustrato sul piano sessuale e penso che dovremmo cambiare certe cose nell'organizzazione delle nostre giornate (specie nei giorni in cui non lavori) per poter passare insieme del tempo prezioso. Forse dobbiamo ridurre le nostre aspettative rispetto al livello di passione che riusciamo a raggiungere: quel che conta veramente è lo scambio affettivo. L'altra notte, anche se non partecipavo, se tenevo gli occhi chiusi e esteriormente sembravo del tutto passivo, ero certo che sentivi il mio amore fluire verso di te e che proprio per questo è stato soddisfacente. Ma so che non ti basta e perciò suggerisco che cerchiamo di passare insieme qualche pomeriggio.

Attualmente casa nostra non è molto accogliente, con gli operai che sfondano le pareti per sostituire le tubazioni. *Big men,* come direbbe Zach. Stanno smantellando tutto e io mi sento violato. Mi rendo conto ancora una volta che in questa lettera non sto esprimendo i miei sentimenti verso di te, anche se questo era lo scopo. Forse ho una specie di blocco. Riesci a leggere fra le righe? Riesci a indovinare l'intensità del mio amore anche se non lo scrivo a tutte lettere? Lo spero. Vedi, dopotutto sono più simile a mio padre di quanto pensassi. Probabilmente ho anche paura di crollare, tutto solo in questo parco, se scrivo certe parole e certi pensieri, quindi li evito e ancora una volta lascio a te tutto il lavoro di interpretazione.

Forse, anziché andare tu solo a un gruppo di sostegno, dovremmo andare insieme a un gruppo che incoraggi me a esprimere i miei sentimenti. (Una lunga fila di handicappati avanza sul marciapiede, uno emette a intervalli regolari delle strida da uccello. Il Beedie suona e ingoio senz'acqua le mie quattro pillole blu.) Emanuela dice che avrà molte difficoltà a trovare qualcosa in affitto in campagna. Sarebbe molto più facile comprare, ma per farlo dovrebbe vendere il suo appartamento, quindi anche questa possibilità è scartata. Roma appare sempre meno accogliente.

Mio carissimo Brett, non credo che sia giusto chiederti di dare più di quanto puoi, di sfruttare le tue forze fino al limite estremo. Penso che tu abbia bisogno di prendere un po' le distanze da me, ma non so come. Intendo soprattutto una distanza emotiva, cominciare a lasciarti andare un po'. So che è difficile, e lo è ancora di più per me. (Sono arrivati quattro edili che adesso stanno pranzando su una panchina poco lontano; uno porta una maglietta su cui c'è scritto da una parte "Masonry Pro" e dall'altra "Buscarello". Tutti hanno in testa dei berretti; nessuno porta la tipica fascia sulla fronte.) Oggi il mondo è prevedibile, ma in un modo caldo e confortante. Mi piace il fatto che gli edili abbiano un aspetto da edili. In un certo senso, è liberatorio. Mi domando che cosa vede la gente quando mi guarda. Credi che mi vedano come uno di quei tizi emaciati? Spero di no. Loro sembrano avere perso molto più peso di me. A proposito, Philip era in gran forma ieri sera. Vedo che sto di nuovo divagando, perciò è meglio che mi fermi qui e vada a mangiare qualcosa, forse al Penguin Café.

Ti amo molto,

G.

Ci ho provato
Bretty
a pensare pensieri sporcaccioni
ma mi sono venuti in mente
soltanto pensieri teneroni!
Saresti davvero contento
che ti legassi o ti facessi male?
Ma se l'unica cosa che voglio
è un dolce, caldo abbraccio coniugale!

(Senza neanche uno slippino di pizzo.)
Lo ammetto: sono un romantico e uno strazio.*

New York, giovedì 25 aprile

Cara Emanuela,

è una bella mattinata di sole, con ogni tanto un fresco venticello. Sono seduto su una panchina in Father Demo Square, all'incrocio tra Bleecker, Carmine e 6th Avenue. Più tardi, probabilmente dopo pranzo, affitterò un'automobile e quando Brett tornerà dal lavoro partiremo per Philadelphia. Passeremo la notte a casa dei genitori, così vedrò dove è cresciuto, e domattina ci avvieremo per il nostro weekend campagnolo (abbiamo già prenotato per venerdì sera, ma non sabato).

Ieri alle due del pomeriggio siamo andati a vedere *Meri per sempre* e i ragazzi di Palermo mi hanno ricordato tantissimo i ragazzi neri dei ghetti urbani di qui. Una differenza: per ogni volta che quelli dicono: "minchia" questi dicono "shit". Cosa ci sarà, antropologicamente parlando, dietro questa differente enfasi sulle funzioni genitali o escretorie? In tutti i casi, sono ragazzi senza speranza, il loro destino è segnato e loro stessi non sembrano nemmeno concepire una via d'uscita. Questa tragica somiglianza fa capire che il problema principale non è il colore della pelle, come qui potrebbe sembrare, ma le condizioni socio-economiche e la cultura della violenza, della sopraffazione e della disperazione. Dopo aver detto tutte queste parole l'unica cosa seria e coerente sarebbe di fare il volontario in questi ghetti, tanto più uno come me che ha la garanzia di uno stipendio senza lavorare. Invece non faccio niente.

Sono un po' a disagio perché ieri ho mandato una lettera alla mamma forse troppo aspra. Niente che io e te non ci siamo detti decine di volte. Ma irrevocabilmente scritte e indirizzate a lei queste parole sembrano quasi crudeli, e mi chiedo se non ho fatto male a scrivere sull'impulso del momento. Eppure al telefono con lei ero invece riuscito a essere equili-

* *I tried to/"think/kink"/Bretty,/but I could/"think/pink"/only!/What can I do if a lovely/perverse thought doesn't enter my mind?/Would you be satisfied only/if I tied you up and things of the kind?/A quiet, warm conjugal embrace/(without even wearing panties of lace)/is what I actually crave for./I guess I'm a romantic and a bore.*

brato (a parte quella battuta cattivella "ti verrò a trovare dalla Magliana"). È sciocco ferirla quando tanto ormai si sa che non serve a spingerla al cambiamento. Poi è anche un po' sospetta questa mia improvvisa inflessibilità proprio quando le sue decisioni colpiscono i miei interessi. Non è che lei prima fosse diversa. È che a me non faceva comodo dirle quelle cose. Ma il rancore è sempre cattivo consigliere, oltreché un veleno per l'anima.

Qua nella piazza ci sono un sacco di vecchini carini che chiacchierano (le vecchine immagino siano a casa a cucinare) e un paio di pupi in passeggino. Da questo punto d'osservazione New York certo non fa pensare a quel formicaio cui molti la paragonano. Perfino il traffico non è tremendo. E la qualità dell'aria è meglio che a Roma (il che non vuol dire molto).

[...] Brett è molto ottimista e flessibile per quanto riguarda il nostro trasferimento a Roma. Dice che per lui va bene tutto, la campagna o qualunque quartiere della città (ma lui è abituato a trasporti pubblici che funzionano). Ha anche deciso di cercare lavoro già da qui e, se ci riesce, di cominciare subito appena arriviamo. Un po' mi dispiace, perché so che lui preferiva avere il tempo di "assorbire" la città, ma forse è necessario. Comunque se il dollaro continua ad andare su, quello che lui ricava ogni mese dalla casa (sottratti mutuo, amministratore, fondo per le riparazioni) varrà sempre di più.

Adesso mi sa che lemme lemme, come un vecchino, mi avvierò verso casa, fermandomi alla pasticceria italiana per un cannolo. Farò un riposino presto, così poi ho tempo di andare ad affittare la macchina.

Stefano mi manca tanto e sono sempre ansioso di sapere sue notizie. [...]

Un grande affettuoso abbraccio,

Giò

Il viaggio a New Hope fu la confluenza di più punti di rottura. Avevamo in programma di andare in macchina a casa dei miei genitori, a un'ora di strada da New Hope, e di passare la notte da loro: così Giovanni avrebbe fatto il suo debutto nell'ambiente suburbano in cui avevo passato i miei primi sedici anni. Pensavamo anche di lasciare Zach dai miei per il weekend: per la prima volta da quando ci eravamo conosciuti, Giovanni e io avremmo passato due giorni senza figli. Ma forse la cosa più importante, almeno per me, era che la lunga visita ai miei genitori mi imponeva di affrontare l'argomento della malattia di Giovanni, la quale ormai era arrivata, o era quasi prossima, al punto di essere visibile a chiunque trascorresse con lui più di qualche ora. La prospettiva di raccontarlo ai miei genitori mi paralizzava, molto più che il dirlo agli amici, molti dei quali del resto lo sapevano già. A differenza dei miei amici, che avevano istantaneamente avvolto Giovanni e me nella loro solidarietà e partecipazione, l'istinto predatorio dei miei avrebbe certamente fatto in modo che i filamenti della loro autorità emotiva respingessero Giovanni e al tempo stesso aderissero al loro figlio, sgradevoli e pesanti come vestiti bagnati. "Perché mai non te la sei data a gambe quando l'hai saputo?" Quella domanda sorgeva dentro di me ogni volta che la paura, la disperazione e lo sfinimento congiuravano per sopraffarmi; ma fintantoché l'eco di quelle parole non risuonava all'esterno, era facile sommergerle nel pozzo dei miei tanti pensieri. Informai i miei genitori circa una settimana prima del nostro arrivo. Puntualmente mi posero la temuta domanda, e con un tono di voce che denotava più sgomento che partecipazione. Le loro parole sottintendevano un "*Oy,* come hai potuto essere tanto stupido?", mentre quel che avrei voluto sentirmi dire, pur sapendo quant'era improbabile, era un "Oh, tesoro, che cosa possiamo fare per aiutarti?" Per fortuna quella settimana di tregua fu sufficiente a far sì che la loro reazione, e la mia reazione alla loro reazione, si ammorbidissero. Furono, e hanno poi continuato a essere, solleciti a parole seppure in contumacia.

New Hope è una comunità rurale situata sul fiume Delaware, a metà strada fra New York e Philadelphia, che è diventata il rifugio di molti artisti in fuga dalle città. Il luogo è culturalmente vivace e visivamente rustico, anche se a forza di voler essere pittoresco diventa un po' stucchevole. Giovanni e io ci stabilimmo fuori del villaggio vero e proprio, affittando una camera in una grande casa appartenuta un tempo a Oscar Hammerstein, rigurgitante dei suoi cimeli e circondata da campi e da boschi. Le mie aspettative erano enormi quanto infondate: speravo che liberando Giovanni da qualsiasi responsabilità, orario e fastidio psicologico, il suo livello di energia e il suo vigore sessuale facessero una timida ricomparsa. Facevamo brevi passeggiate nei boschi, lungo i canali e nel centro del villaggio, e lunghe gite in auto lungo il Delaware; per mangiare sceglievamo ogni giorno un ristorantino senza pretese. Ma ogni uscita, anche la meno faticosa, era necessariamente preceduta e seguita da una siesta durante la quale mi sedevo fuori a leggere o me ne andavo a zonzo da solo.

Ogni sera, l'impotenza di Giovanni mostrava di essere irreversibile. Non si poteva più spacciare per l'effetto combinato della malattia e di una giornata pesante in ufficio, oppure della malattia e di una generica stanchezza dopo aver passato un po' di tempo con Zach. Era chiaro che bastava la malattia a farlo sentire spossato anche se era sveglio solo da un paio d'ore, ed era sufficiente a impedirgli di fare l'amore. Quella fuga di un weekend fu per me come un presagio dell'anti-utopia. Adesso sapevo che Giovanni non si sarebbe mai ripreso, che per tutta la durata del nostro rapporto le sue condizioni fisiche non sarebbero mai state migliori che durante quel weekend dimezzato. Anzi potevano soltanto peggiorare.

Poi, ancora una volta, come sempre, un barlume di speranza. Al nostro ritorno da New Hope andammo dal medico di Giovanni. Convinto che la discutibile efficacia dell'Azt si fosse esaurita, il dottore suggerì di sospenderlo, sostituendolo con un farmaco sperimentale chiamato Ddi. Quando gli chiesi come mai non prescrivesse la Ddc, altro farmaco sperimentale ma con una storia più lunga di discutibile efficacia, il dottore mi rispose che si poteva dare soltanto ai pazienti ammalati di Aids: e quello non era il caso di Giovanni. La sfumatura semantica ebbe l'effetto di un balsamo. Per di più, mentre aspettavamo in anticamera che il medico ci ricevesse, incontrammo un conoscente di Giovanni che due mesi prima, trovandosi in condizioni fisiche analoghe, aveva iniziato quel trattamento. Adesso aveva più che ripreso i chili perduti, anzi sembrava bene in carne e aveva ritrovato il suo normale livello di energia, a eccezione di qualche riposino pomeridiano: ma chi non ha bisogno di una siesta ogni tanto? Uscimmo dallo studio del medico con un senso di cauta euforia. Come spesso accade quando si diagnostica un singolo aspetto del problema e si prescrive un trattamento specifico per quel dato sintomo, eravamo riusciti a dimenticare, come gli afasici, che il sintomo era solo uno dei tanti che componevano la sindrome, così come lo spettro cromatico è composto da tante sfumature sempre più cupe. Insomma, eravamo riusciti a scollegarlo per un attimo dalla sua sequenza temporale, raffigurandocelo come un obiettivo in sé, come un male distinto che veniva trattato e forse si poteva curare.

Nel giro di due mesi, la confusione venne dissipata. Lo stato di Giovanni continuò a peggiorare. Entrarono a far parte del mio vocabolario sull'Aids alcuni termini sgradevoli e brutali, che non osai mai pronunciare al cospetto di Giovanni. Una volta andai a trovare il medico da solo, due mesi dopo l'inizio del trattamento con la Ddi, e questi mi disse che Giovanni soffriva di "sindrome da deperimento", definizione clinica orrendamente calzante. Le altre parole non richiedevano un consulto medico: Giovanni era ormai ridotto a un invalido; io mi ero trasformato in massaia. La risonanza di quelle parole non stava nel futuro – dove una miriade di statistiche e probabilità dall'effetto ansiogeno erano già in agguato, pronte a colpire – bensì nel presente, e sommergevano Giovanni come una marea senza riflusso, uno stato globale senza componenti da individuare e trattare una per una. Poi, un giorno, nel corso della ripresa prodotta dalla Ddi, il conoscente di Giovanni morì di un'infezione micotica al cervello. Forse ho fatto male, ma non gliel'ho mai detto.

8.

New York, 12 maggio (festa della Mamma)

Cara Emanuela,

è una tiepida domenica di maggio. Brett e Zach sono andati in New Jersey al – non proprio battesimo, visto che sono ebrei – "attribuzione del nome" della figlia della migliore amica di B. Anch'io volevo andare, ma ieri sono stato tutto il giorno fuori ed ero esausto, e soprattutto la mia gamba destra fa troppo male quando cammino, e la parte bassa della schiena fa male comunque, anche quando sto sdraiato. A volte penso che la Natura sappia quel che fa, e se non potrò raggiungere la vecchiaia mi fa sperimentare alcune delle sue condizioni. Forse è necessario che la tua partecipazione al mondo esteriore si restringa perché tu possa concentrarti spiritualmente e essere pronto per la grande avventura. Il guaio però è che, a differenza dei vecchi veri (o di quel che noi immaginiamo i vecchi veri pensino) io non mi sento pronto proprio per niente. Principalmente, come puoi immaginare, per Stefano e Zach, ma soprattutto – questo forse ti stupirà – per Brett. Infatti Stefano credo che abbia interiorizzato in questi anni una forte immagine paterna e Zach ha sviluppato con me una relazione affettuosa ma non centrale (è completamente fissato su B.). Brett, d'altro canto, malgrado sia adulto, sembra quello che prende peggio le privazioni. Per esempio [...] la mia impotenza. È una cosa delle ultime settimane o mesi. È cominciata come incapacità di raggiungere l'orgasmo (e già qui con lui erano tragedie, tanto che un paio di volte ho pensato di fingere per fargli piacere) ma presto è diventata mancanza assoluta di erezione. Quando dico assoluta intendo neanche la mattina quando mi sveglio o sotto una doccia calda o vedendo un bel ragazzo. Ho provato a masturbarmi: macché. Non un fremito, una scossetta, un vago irrigidimento. Ora quel che ti devo confessare è che non me ne importa niente. Anzi, mi sento quasi sollevato. Anche qui la Natura – o l'Inconscio, se preferisci – ha giocato il suo tiro, togliendo di mezzo proprio ciò che è stata la causa della mia presente condizione. Nei fatti, però, non è così. Potrebbe esserlo solo se io fossi *single*, cosa che certo non desidero, e potessi chiudere senza rimpianti il libro del sesso. Ma c'è Brett, che mi dà tutto e al quale io do così poco in cambio. Sarebbe veramente crudele privarlo del sesso solo perché io non sono interessato, non tanto per la cosa in sé, quanto perché per lui – ma anche per me – è un'importante connessione emotiva. Così facciamo altre cose, e tu penseresti che al limite potrebbero essere più soddisfacenti per lui, se fosse un maschio tradizionale, perché naturalmente ora il centro dell'attenzione è il suo membro. Ma non è così, e gli mancano molto le nostre pratiche precedenti. Ho anche vagamente e confusamente pensato di andare da un terapista sessuale, ma non sono davvero convinto. Non voglio imbarcarmi in troppe cose contemporaneamente perché presto inizierò a partecipare a un gruppo di appoggio. [...]

Un'altra buona notizia è che ho ricominciato a leggere. Ho appena finito *The Mill on the Floss* di George Eliot (bello ma non comparabile al suo capolavoro *Middlemarch*) e ho cominciato *Jude the Obscure* di Thomas Hardy. Li alterno con saggi di Cynthia Ozick e *La guerra del calcio* di un giornalista polacco che è stato per molti anni inviato all'estero. [...] Continuo ad andare a yoga fedelmente ogni sabato, ma ieri c'era uno così penosamente smagrito che faceva male al cuore. A proposito, altra buona notizia: la mia perdita di peso sembra essersi arrestata (incrociamo le dita). Io ritengo di avere un buon aspetto ma Brett dice che si vede, soprattutto quando sono stanco. In effetti, ora che ci si avvicina alla data fatidica, se potessi tornare indietro non farei più il matrimonio. Non per l'unione con Brett, di cui sono più convinto che mai, ma per lo stress e la spesa e l'obbligo di apparire in forma tutto il giorno (non voglio gente spettegolare negli angoli). Già mi è chiaro che quando ci saremo trasferiti in Italia non farò la festa che avevo progettato. Fa tutto parte del restringimento degli orizzonti, che non è necessariamente una cattiva cosa. Forse aiuta a vedere la bellezza in un fiore senza bisogno di foresta. A proposito di foresta, Brett insiste che a Roma noi andiamo a vivere in campagna, possibilmente con te, ma io sono titubante. In particolare per Stefano, cui voglio offrire facile accesso a scuola da casa mia. Ti confesso una cosa un po' vergognosa: mi sento più in diritto di dire la mia su questo soggetto perché i soldi vengono prevalentemente da me. È meschino, lo so, ma pensa: Brett fa assolutamente tutto, al punto che anche quando io faccio una cosa semplicissima, come lavare faccia e mani a Z., lui trova che è fatta male e la rifà. Tutti i segnali indicano che la mia dipendenza, anche fisica, da lui, aumenterà progressivamente. L'unico campo nel quale ho autonomia è quello del reddito e non ho paure perché in Italia prima di perdere il posto per ragioni di salute ci vuole una vita (appunto). È una delle cose buone a proposito del sistema italiano che dovremmo ricordarci. Qui se per sei settimane non ti fai vivo, per quanti certificati medici presenti, sei licenziato. Ma non so legalmente come potrei trasmettere la liquidazione a B. Basta, è del tutto prematuro parlarne, e anche un po' morboso. Desidero raggiungere uno stato di serenità e di accettazione, ma per ora ne sono ben lontano. Temo di stare pagando gli anni sperperati dietro interessi mondani (non nel senso di "cronaca mondana" ma "di questo mondo") anziché concentrarmi sulla mia crescita spirituale. Ora devo fare il corso accelerato! Ma il mio maestro è molto indulgente: sono io stesso. Non mi mando mai nell'angolino, neanche quando ho momenti di depressione e scoraggiamento e vera e propria paura come due o tre settimane fa. Su sollecitazione di Brett ho chiesto al caposervizio se posso tornare in ottobre anziché a gennaio. Ero imbarazzato ma è andato tutto bene. Lui ne ha parlato a V. il quale, dopo aver reagito in un primo tempo sospettosamente, ha detto che "non è certo una sua alta priorità" e che lui "ha molte cose da fare". Secondo P., che lo conosce, è un segnale positivo e finirà per dire di sì!! Un'altra cosa che mi angoscia è che Brett sostiene che dovrei parlare a Stefano, magari non questa volta ma in agosto, anche perché non è più nascondibile e lui è grande abbastanza e i segreti non detti marciscono. So che ha ragione, ma detesto vedere Stefano soffrire senza nemmeno essere capace di esprimerlo. Mah, vedremo. Ci sono ancora molti mesi per pensarci.

Cara sorellina, ti ho ossessionato con i miei guai ma non devi pensare che stia male. Al contrario, questo è un buon periodo, e sono in genere sereno dalla mattina alla sera. Vorrei, come sempre, utilizzare meglio il mio tempo, ma questa è una vecchia storia. Scrivimi presto. Un grande abbraccio,

Giò

Sag Harbor (NY),
domenica 26 maggio 1991

Cara Donatella,

grazie tante del libro ottagonale e della letterina. Quasi tutte le storie mi sono piaciute ed evidentemente sono stato stimolato a scrivere per bambini, così ho provato a buttare giù un raccontino su un bambino la cui mamma fa l'edile e ha partecipato alla costruzione di un grattacielo.

Stiamo passando un bellissimo weekend di Memorial Day (da giovedì sera a lunedì pomeriggio) nella casa di Howard e Fran. C'è anche Sam. [...] Zach sta divertendosi tantissimo. Howard lavora in giardino e lui l'aiuta tutto affaccendato. La piscina è impraticabile (cloro) così gli abbiamo comprato una piscinetta di plastica di circa due metri di diametro.

C'è qui anche James Revson e io sono un po' nervoso all'idea di incontrarlo per caso. Non ha mai accettato di rivedermi né di avere alcun contatto con me. Il primo gennaio per il suo compleanno gli ho mandato un biglietto di auguri, ma nessuna risposta. Recentemente è stato ricoverato in ospedale e Sam gli ha chiesto se voleva che io lo andassi a trovare, e ha detto di no con una certa veemenza. Pare che abbia perso una quindicina di chili e che non abbia affatto un buon aspetto.

Io ho perso circa sei chili, che in scala sono più o meno lo stesso, e certi giorni neanch'io ho un aspetto entusiasmante. Spero molto che tutto andrà bene il giorno del matrimonio, perché a volte mi viene una faccia tirata e grigia che è impossibile non notare.

Questo, e il fatto che le mie medicine sono proliferate e che dormo circa dieci ore a notte più un paio d'ore di riposino, più altri fattori psicologici più difficili da definire, mi hanno fatto giungere alla risoluzione di parlare a Stefano. Non adesso, che lui sarà qui solo per una settimana, e voglio che sia gioiosa. Ma in agosto, avendo di fronte un mese intero di convivenza in un posto bello e quasi magico come Fire Island: penso che sarà il momento giusto. Temo molto questa conversazione. Le due possibili alternative sono altrettanto difficili per me: una, che lui pianga o peggio; due, che ostenti indifferenza.

Su pressione di Brett ho chiesto al direttore se posso tornare a Roma in ottobre anziché in gennaio. Non ha ancora risposto ma non vedo perché dovrebbe dire di no. Per quanto riguarda Natale sarei ben lieto di venire a passarlo con voi a Milano, ma ovviamente non posso essere sicuro che sarò in grado.

[...] Il mio mondo si è molto ristretto, ma non rimpiango le antiche follie. [...] Un grande abbraccio,

Giò

9.

1° giugno 1991

Caro Giò,

ci sposiamo. Presto. Fra oggi e la data in cui "presto" diventerà "adesso" (non vedo l'ora!) ci sono innumerevoli dettagli da sistemare, se a cose fatte vogliamo poterci rilassare, avendo la sensazione che le persone a cui vogliamo bene esultino per l'avvenimento, e per noi, come il nostro io incontenibile esige. Le *kippòth*, gli anelli con incisi i nostri nomi, la coppa del *kiddush*[1] e il *talèd*, le scarpe nuove per Zach, il completo per Stefano, come fare per mantenere sessanta bottiglie alla temperatura giusta, per ottenere un esodo di scarafaggi dall'appartamento, per restituire alla moquette il primigenio biancore verginale, e così via: esattamente quel che ci eravamo proposti di evitare. Questi dettagli, tuttavia, hanno a che fare soltanto con la cerimonia e non debbono distrarci dal fatto che ci sposiamo, che è molto più importante di loro e anche del rito, del pubblico riconoscimento, della festa. È il nostro sigillo, il nostro impegno, la nostra rinuncia ufficiale a una parte dell'"io" allo scopo di fonderci nel "noi", che nel nostro caso è costituito da quattro persone e non da due, come è tradizione. Non dobbiamo perdere di vista questo, né la responsabilità che il "noi" comporta.

Responsabilità del "noi". Questa ha alcuni aspetti pratici, come tenere ben chiuso l'armadietto della farmacia per assicurare il benessere di Zach; ha altre sfaccettature più sottili e

[1] La tradizionale benedizione degli sposi, che si recita tenendo in mano una coppa [*N.d.T.*].

più tenere, come un abbraccio improvviso o le labbra premute sul gomito dell'altro inaspettatamente alle due del mattino come atto di espressione deliberata e non solo come casuale sfiorarsi nel bel mezzo di un sogno; e poi ha delle sfaccettature più ampie e inquietanti, come osare pensare al futuro o scegliere di mettere da parte i propri interessi per il bene della relazione/famiglia. A volte (di rado, grazie a Dio) le due cose sono in contraddizione. Si deve accettare consapevolmente una rinuncia personale per il bene di tutti. In questi rari casi, deve prevalere l'interesse collettivo. È questa la sostanza del matrimonio: maturità; responsabilità nei confronti del rapporto.

Giovanni, amore mio, prima di trasferirci a Roma ti chiedo di sottostare a una di queste rare evenienze. Devi fare varie cose alle quali non sei affatto abituato, e che forse ti creeranno disagio e magari dolore. Te ne ho già parlato. Non è successo nulla. Te ne parlo ancora una volta, ma è l'ultima. Non posso permettere che Zach e io ci trasferiamo a Roma, se tu non ci dimostri di avere in mente, e nelle tue azioni, il benessere di tutti noi. Devi fare testamento. Devi informarti sulla pensione cui hai diritto, soprattutto in caso di invalidità permanente. Questo trasloco lo facciamo per il bene di noi tutti, ma richiede a ciascuno cose diverse. Per te si tratta di ritornare a cose familiari e alle molte persone che ti amano. Per Zach e per me è un allontanarci da tante cose familiari, da cui dipende la nostra sicurezza. Io mi trasferisco per il bene di tutta la famiglia. Tu devi dimostrarci che anche tu hai a cuore il bene di noi tutti. Responsabilità nei confronti del rapporto, della famiglia. Per favore.

Ti amo,

Brett

Silvia, Stefano e il padre di Giovanni, Francesco, cominciarono ad arrivare a New York separatamente circa una settimana prima del matrimonio. Giovanni aveva deciso che i suoi genitori, divorziati da quasi vent'anni e separati da trenta, non sarebbero stati da noi. Si sistemarono quindi in un piccolo appartamento a circa dieci isolati da casa nostra, di proprietà di un nostro amico momentaneamente assente. Francesco sarebbe rimasto per tre settimane; lui e io passammo la maggior parte del tempo insieme a parlare della salute di Giovanni. Francesco aveva chiesto di incontrare il medico, ma Giovanni aveva opposto (a me) un secco rifiuto. Ricordo quanta resistenza aveva fatto quando io avevo chiesto di consultare il suo dottore. Davanti a me, Giovanni aveva ammesso che limitare il rapporto medico-paziente a loro due soli lo aiutava, dandogli la sensazione di poter ridimensionare la malattia, e che più persone entravano in questo rapporto, più essa aveva spazio di manovra. Quando Francesco chiese, e noi gli negammo, il permesso di vedere il dottore, gli spiegai la posizione di Giovanni. A quel punto, divenni per Francesco quello che il dottore era per me: uno statistico, un cronista del passato e del presente, attento e distaccato, assolutamente reticente e non diposto ad azzardare previsioni sul futuro.

Perché non si accorgesse dell'aggravarsi dello stato del padre, Stefano fu sollecitato ad accompagnare Silvia e me nel crescendo finale dei preparativi – che prevedeva l'acquisto della sua prima giacca e cravatta – e a passare molto tempo a casa del suo amico Matthew. Ormai Giovanni andava al lavoro saltuariamente, ma decidemmo di lasciar credere a Stefano che usciva ogni giorno, perché non vedesse il padre che passava il tempo sdraiato sul divano, a leggere o a dormire.

I miei genitori arrivarono la mattina del 23 giugno, il giorno della cerimonia; le mie sorelle invece non poterono venire. Silvia e Francesco vennero da noi a mezzogiorno. Avevo preparato un pranzo a base di pasta e d'insalata, dopo il quale Giovanni, che si era alzato alle dieci, andò a fare un sonnellino mentre noi sette ci sedemmo in salotto a chiacchierare, aspettando i camerieri che avevamo noleggiato per il ricevimento. Un'ora dopo svegliai Giovanni, e in quel preciso istante tutta la mia ansia svanì. Mi resi conto che non aveva niente a che fare con i dettagli organizzativi: alla radice c'era il timore che Giovanni si sentisse male prima della cerimonia. Ma Giovanni aveva fatto undici ore di sonno la notte prima, più una siesta di un'ora: ce l'avrebbe fatta! Da quel momento in poi, i ruoli s'invertirono. Io rimasi calmo e imperturbabile, completamente assorto nelle parole del rabbino e nelle formule rituali degli sposi. Giovanni, malgrado le sue tendenze esibizionistiche – ampiamente riconosciute – gli consentissero di sentirsi a suo agio coi riflettori puntati addosso, era ridotto a un fascio di nervi; sembrava aleggiare da qualche parte, fuori da quanto accadeva. Zach e Stefano erano addetti a portare le fedi, ma Zach si rifiutò di restare sotto la *huppà*[2] per più di due secondi, anzi fece da contrappunto comico alla cerimonia caracollando intorno al baldacchino nell'adorabile tentativo di dirottare l'attenzione su di sé. Verso la fine della cerimonia dovetti prenderlo in braccio, e lui si rannicchiò contro la mia

[2] Baldacchino sotto il quale si svolge la cerimonia nuziale [*N.d.T.*].

spalla come in un nido, mentre Giovanni e io eravamo coperti dal *talèd*.

Era fatta. Il grande salto della mia vita – o fuori della mia vita? – era compiuto. Eravamo sposati. Durante il ricevimento, la nostra tensione si dissolse gioiosamente fra le braccia e gli auguri di circa settanta fra amici e parenti. A un certo punto Giovanni scomparve in camera da letto per schiacciare un altro pisolino; finalmente, alle sei e mezzo, c'infilammo in un taxi diretti in centro per trascorrere la nostra luna di miele di una notte all'Hotel Carlyle. Con mia sorpresa, appena arrivati, Giovanni si addormentò di nuovo. Allora scesi al bar dell'albergo, bevvi un paio di drink, poi uscii e andai a sedermi sui gradini del Metropolitan Museum. La cerimonia, il ricevimento, la tregua momentanea mi avevano trasportato fuori della mia angoscia continua. Adesso, mentre spaziavo con lo sguardo giù per la Fifth Avenue, mi sentivo di nuovo a New York, di nuovo dentro la mia vita, di nuovo solo. A qualche isolato di distanza giaceva il mio sposo da cinque ore, impotente, invalido, supino per la terza volta. Non stavamo per saltare su un aereo diretto nei Caraibi per una settimana di torrida passione, anzi non saremmo mai saltati su un aereo diretto nei Caraibi né avremmo mai più avuto una notte di passione. Era stata una giornata piena, eppure il futuro mi appariva desolato. Piansi, respirai a fondo ed entrai nel futuro. Quando salii in camera, Giovanni dormiva ancora. Lo svegliai, ordinammo la cena al *room service*, poi facemmo l'amore. Nonostante gli impedimenti fisici, Giovanni riuscì a produrre per l'ultima volta, con la forza della volontà, una parvenza di passione dietro la quale avvertii più sforzo mentale che gratificazione dei sensi. Il mattino seguente facemmo colazione tardi, a letto, poi attraversammo lentamente a piedi Central Park, fermandoci spesso per riposare; finalmente, raggiunto il lato ovest, fermammo un taxi e ce ne tornammo a casa.

Tre settimane dopo Giovanni partì per l'Italia. Aveva voluto quel viaggio a dispetto di non poche discussioni. Scopo della visita, come mi aveva fatto credere, era firmare certe carte per la causa di divorzio che lui e la moglie, da cui era separato da più di dieci anni, avevano avviato durante il suo ultimo soggiorno in Italia. Non capivo perché le carte non potessero attendere il nostro arrivo, previsto di lì a tre mesi. Se avevano atteso dieci anni per avviare le procedure di divorzio, che cos'erano mai altri tre mesi, in fondo? A quella prima spiegazione, Giovanni aggiunse il pretesto che voleva vedere Stefano. Gli feci notare che Stefano era stato da noi solo tre settimane prima, che fra meno di quindici giorni sarebbe venuto da noi per passare tutto un mese a Fire Island, e che presto ci saremmo ritrovati tutti insieme a Roma. Senza contare, aggiunsi, che partendo sarebbe mancato al compleanno di Zach e al mio, per il quale avevo intenzione di dare una gran festa; infine, ed era la cosa più importante, non mi sembrava in condizione di viaggiare. L'ostinazione con cui Giovanni insisté per partire era anomala al punto di apparire sospetta.

Il giorno della partenza, James Revson morì. Lessi la notizia sul "New York Times", che avevo scorso al mattino alla stazione di servizio, mentre Zach, con l'aiuto dell'inserviente pakistano, armeggiava intorno al suo triciclo. La mia prima reazione fu tentare di impedire che Giovanni leggesse il giornale, e per un attimo pensai addirittura di non portare a casa il "Times". Non sopportavo l'idea che Giovanni partisse per l'Italia con quella notizia che gli avvelenava la mente e senza una dose sufficiente di Brett per consolarlo. D'altro canto, sapevo bene che tenere Giovanni lontano dal "New York Times" era più difficile che convincere Stefano a farsi la doccia.

Quando Zach e io tornammo a casa, dissi a Giovanni che James era morto; poi gli detti il giornale. Rimase muto, sconvolto, affranto. L'impeto della sua allegria forzata si era spento. Sapevo che cosa pensava: "Il mio destino è segnato". La mia rabbia per il suo imprudente viaggio in Italia si era sgonfiata. L'unica cosa che desideravo era passare un po' di tempo con lui prima della partenza, per aiutare la ferita a rimarginarsi. Ma questo non avrei potuto averlo.

Nella settimana che passai da solo con Zach, decisi di svezzarlo completamente dal biberon, che ancora prendeva due volte al giorno. Parlandogli del suo imminente compleanno, gli spiegai che adesso che aveva tre anni sarebbe stato carino regalare i suoi biberon a un bimbo piccolo che ne avesse bisogno. Il giorno prima della sua festa – un maelstrom di dodici ragazzini sottoposti a sorveglianza minima dai genitori, ben contenti che la devastazione non investisse casa loro – Zach e io mettemmo il biberon in una scatola e l'avvolgemmo con carta fiorata e nastrini; dopo la festa, lo stesso Zach la consegnò tutto fiero alla figlia neonata della mia migliore amica. Per prudenza, avevo nascosto un biberon nell'armadietto di cucina, nell'eventualità di una crisi d'astinenza troppo insopportabile per lui – o per me. Effettivamente, prima di andare a letto Zach fece una breve scenata torcendosi sul pavimento; un'altra la fece il mattino seguente. Poi basta. Ancora oggi che ha quattro anni, però, il latte non lo beve. È arrabbiato con lui perché non si presenta nel contenitore giusto. Forse avrei fatto meglio ad aspettare. Comunque, per due mesi fummo liberi di spostarci senza accessori; a metà settembre, questi fecero la loro ricomparsa, ma stavolta appartenevano a Giovanni.

Il giorno del suo rientro, Giovanni mi confessò il vero motivo per cui era voluto andare in Italia. Gli avevano chiesto di presentare un programma radiofonico di una settimana, di quelli in cui gli ascoltatori telefonano per porre domande e parlare di politica; il suo ruolo era a metà fra l'arbitro e il commentatore. La politica era la sua passione, seguita dalla notorietà: la combinazione delle due cose era irresistibile. Il programma doveva andare in onda dal vivo ogni mattina alle sette, e Giovanni temeva che se me l'avesse detto prima, soprattutto per via dell'orario, non l'avrei lasciato partire. Fui sopraffatto da un'ondata d'incredulità e di dolore. Quanto poco mi conosce, pensai. Se quella era la reazione che si aspettava da parte mia, mi feriva scoprire che mi vedesse in quel modo, o piuttosto scoprire per che motivo mi vedeva così. "Ma questa," gli dissi, "sarebbe stata una spiegazione perfettamente ragionevole per il tuo viaggio in Italia. Se l'avessi detto subito, avresti avuto la mia benedizione; tutt'al più ti avrei rotto un po' le scatole ripetendoti di non strapazzarti."

Giovanni era tornato da due giorni quando ricevetti una telefonata da Walnes: era la prima volta che ci parlavamo da oltre un anno. Mi chiamava per domandarmi di aprire gli scatoloni che aveva depositato nella mia cantina a Brooklyn e cercargli tre documenti di cui aveva bisogno per richiedere un visto di residenza per sua madre, che era venuta a trovarlo da Haiti. Parlammo senza attrito per quasi mezz'ora quando gli proposi di venire anche lui a Brooklyn a cercare quelle carte; dopo l'avrei portato a pranzo. "Mi piacerebbe molto," disse, "ma francamente, viste le mie condizioni fisiche, non posso proprio uscire." Mi spiegò che da quattro mesi faceva avanti e indietro dall'ospedale: aveva avuto la toxoplasmosi e la polmonite ed era ancora convalescente. Alla fine, accettò la mia proposta alternativa: Zach e io gli avremmo fatto visita una volta trovati i documenti.

L'incontro fu sconvolgente. Walnes giaceva su un divano e quasi non riusciva a muoversi. Non pesava più di 38 chili, aveva la pelle chiazzata e spessa come cuoio, i capelli ridotti a ciuffi radi, lo sguardo vacuo e pieno di dolore. Sua madre non faceva che ronzargli attorno, cercando di costringerlo a mangiare. Di lì a qualche giorno, Walnes venne nuovamente ricoverato in ospedale. Morì il 29 luglio 1991. Il suo funerale venne fissato per il giorno prima della nostra partenza per Fire Island. Non ci andai.

Quel 29 luglio, Giovanni non andò né al funerale né a Fire

Island. Voleva aiutarmi a trasportare lì le nostre cose, ma l'indomani arrivava Stefano dall'Italia; lo convinsi che era perfettamente idiota fare tutta quella strada per poi dover rientrare a New York l'indomani, prelevare Stefano all'aeroporto e ritornare un'altra volta a Fire Island. Gli suggerii invece di restare a New York e di raggiungerci a Fire Island il giorno dopo l'arrivo di Stefano. In quel modo, trovando la casa già sistemata, avrebbe potuto immergersi subito nel ritmo disteso che quel mese prometteva. Colsi l'occasione per annunciargli che avevo chiesto a Judith di venire a Fire Island nei due giorni alla settimana in cui io sarei andato a New York a lavorare: in quel modo, lui non avrebbe dovuto occuparsi di Zach e Stefano, delle faccende di casa, della cucina e della spesa. Quella mia decisione lo offese: era convinto che per due giorni ce l'avrebbe fatta da solo. Alla fine acconsentì a fare una prova di una settimana. Judith continuò a venire da noi per tutto il mese.

Lo convinsi... gli suggerii... gli impedii... lo assillai... la voce della ragione si scagliava senza posa contro la voce della negazione... o forse era la voce del controllo, che tentava di convincersi che esercitava un controllo? che facendo un altro sonnellino, o bevendo un'altra lattina di Sustecal, Giovanni avrebbe smesso di indebolirsi, di dimagrire, di morire? Nei miei frequenti scatti d'ira, in cui mi mettevo a urlare accusando Giovanni di non saper badare a se stesso, di essere troppo noncurante davanti a quel mostro di malattia, in realtà lo rimproveravo perché inconsapevolmente non smetteva mai di ricordarmi quanto fosse limitato il mio potere. In ogni caso, la mia presa sulla sua malattia rimase inviolata, e solo quando venne meno l'ultima speranza – la Svizzera – abbandonammo le rispettive tattiche di sopravvivenza, fonte di continui attriti, lasciammo che le nostre volontà si disponessero alla resa e scivolammo in una comune, remissiva accettazione.

10.

Seaview (Fire Island), 4 agosto

Cara Emanuela,

ho appena finito di leggere *La lettera scarlatta* di Hawthorne. Una storia di peccato, espiazione, redenzione nel New England puritano del 1600-1700. È scritto in un inglese antiquato che rende per me un po' difficile la lettura. Adesso affronterò *Villette* di Charlotte Brontë e poi forse *Guerra e pace*. Ma non so se avrò tempo e voglia.

In questo momento sono tutti fuori. Io mi sono appena svegliato da un riposino. La grande casa è ombrosa e fresca, percorsa da piacevoli brezze, tutta circondata da pini, cespugli e vari alberi. Ricorda un po' Montepilli ma più affastellata e cadente. Ma lo stesso tipo di bric-à-brac, ed è tutta di legno. Fuori c'è un deck (terrazza-pontile) che consente di stare in comunione con la natura ma privatamente. Per tutta l'isola scorrazzano i cervi, che sono i portatori di una malattia, il Lyme disease, e che brucano tutte le piante. Così si sta parlando di permettere una nuova caccia come nel 1988 quando ne vennero uccisi sessanta. O non basterebbe sterilizzarne alcuni, dico io?

La casa è più grande di come la ricordavo dalla prima visita in primavera. C'è una veranda coperta a forma di elle. Il salone è grande, con un divano logoro e poltrone di vimini e il tavolo sul quale ti sto scrivendo. La cucina è media. Attraverso il bagno si va in una stanzettina per ospiti. Dal salone una stretta rampa di scale porta al piano superiore dove ci sono quattro stanze da letto incastrate tra loro in strani modi, ognuna con un lavandino. E c'è un cesso, un piccolo cesso con una finestrella sulle cime degli alberi. Sarà in questa casa che ci rilasseremo e staremo bene gli uni con gli altri? Le premesse ci sarebbero ma non è solo nei luoghi attorno a noi che si può trovare la quiete quanto, e soprattutto, dentro di noi. E qua le cose sono più complicate. Brett, tanto per cambiare, è molto teso, e trasmette la sua tensione a Zach il quale, non abituato a stare tanto tempo con lui, si comporta male. Stefano ha con sé fino al 12 agosto il suo amico Matthew e questo va molto bene. È un ragazzo molto medio e un po' rumoroso ma insieme si divertono. Ora sono tornati, Matthew sta facendo i compiti e Stefano è assorbito nella lettura delle regole di un gioco.

Stamane gli ho parlato nel corso di una passeggiata sulla spiaggia. Come è sua abitudine non ha reagito. Quando gli ho chiesto se aveva domande, ha risposto con voce piatta: "Non c'è niente da domandare". Per rassicurarlo ho sottolineato che Brett e Sam sono sieronegativi, e che io ho la miglior cura possibile sia dal punto di vista sanitario che domestico. Nasino di topo! Per fortuna abbiamo di fronte un mese durante il quale dubbi angosce questioni potranno venire alla superficie. C'è anche Brett e, più tardi, Sam.

Ora è sera. Eravamo fuori fino a poco fa, Brett e io giocando a frisbee, e Stefano e Matthew a racchette. Adesso oltre a me anche Zach ha la diarrea. Ho comprato l'arsenicum e lo sto usando da due giorni e così pure la flora batterica (i sali minerali non li ho trovati). Stasera siamo andati a uno stupendo ristorante sul mare ma io ho potuto prendere solo una zuppa, un'insalata e del riso. In questo momento sta piovendo e tutti gli asciugamani sono rimasti fuori! Squic.

Domani e dopodomani Brett non ci sarà, va a New York a lavorare – confesso di non essere del tutto triste perché c'è meno tensione, è triste dirlo ma è così. Comunque stanotte voglio dormire in camera di Zach così Brett può riposare ininterrotto (domattina si deve alzare alle cinque).

Ora che tante decisioni sono state prese e tante cose sono state dette, non vedo l'ora di mostrare Roma a Brett. Al che lui risponde che non avrò tempo, dovrò lavorare e lui resterà solo tutto il giorno con un bambino di tre anni. È molto negativo purtroppo e io non so bene cosa fare per rallegrarlo un po'. Teme, anzi è sicuro, che non riusciremo a trovare una casa grande abbastanza; ma questo potrà essere smentito rapidamente. È tutto il resto. Credo che lui sposti su queste cose marginali la sua ansia grande, di cui preferisce non parlare. [...] A proposito, almeno all'inizio dovremo ammucchiarci in via Mameli oppure in qualche altro posto provvisorio (non voglio nemmeno chiedere alla mamma se possiamo usare il suo appartamento).

Spero che tutto ti stia andando bene, che la tua cerchia di pazienti si stia estendendo e che la settimana a Jesolo sia istruttiva. Un grande abbraccio,

Giò

Fire Island, mercoledì 21 agosto

Dearest Mammetta,

abbiamo avuto una grande avventura: l'uragano Bob ci ha quasi investiti. Abbiamo dovuto evacuare sotto una pioggia torrenziale con l'acqua fino alle ginocchia per prendere l'ultimo traghetto e tornare sulla terraferma. Era lo stesso giorno del colpo di Stato contro Gorbaciov, così sembrava davvero il Giudizio universale, tranne che entrambi si sono conclusi senza grossi danni. Anzi secondo me la cosa in URSS è stata positiva perché adesso la libertà se la sono conquistata, anziché riceverla come concessione dall'alto come prima. L'uragano ha avuto uno strascico: siamo ancora senza corrente. Brett si è sbattuto tutto il giorno per ottenere che la riattaccassero. Qualche minuto fa, l'elettricità è tornata. Brett si è precipitato alla lavatrice e io alla tv per sentire il telegiornale. Ma nel giro di qualche istante un grosso trasformatore è saltato facendo un rumore sinistro, e siamo di nuovo al buio. Ieri sera con solo le candele accese era molto bello, e stasera, torni o no l'elettricità, faremo un fuoco.

Il povero Zach è molto infelice: gli insetti se lo mangiano vivo. Non fa che grattarsi, il che peggiora molto la situazione. Ha la faccia tutta gonfia, gli occhi semichiusi, e l'orecchio sinistro è grande il doppio del destro. Il prurito lo fa impazzire. L'abbiamo spalmato di crema e repellenti di ogni tipo, ma invano. Finalmente oggi Brett ha scoperto una combinazione di antistaminici e un'altra cosa che si prende per bocca, e sembra che funzioni. Abbiamo una vita sociale molto intensa. I primi dieci giorni è venuto Matthew, il che ha fatto molto bene a Stefano. Poi la sorella di Brett, Barbara. Poi Fabrizio, solo per due giorni. La figlia di Barbara, Dana, che ha 14 anni, è rimasta con noi per una settimana ed è stato un enorme successo. Lei e Stef si sono intesi a meraviglia. Si sono trasferiti insieme nella stanza degli ospiti che sta dietro il deck, emergendo intorno a mezzogiorno con gli occhi gonfi di sonno. Non abbiamo indagato su che cosa è successo, ma credo che fosse tutto molto innocente, per lo più partite di Monopoli a non finire (una metafora dell'antico gioco della seduzione?). Lui era abbastanza credibile come corteggiatore di una ragazza di tre anni più grande di lui (lei compirà quindici anni prima che lui ne compia tredici). È grande e maturo e in un certo senso più sofisticato di lei (anche se tutti e due a volte hanno comportamenti infantili in modo delizioso). È stato un piacere averla qui.

Adesso (giovedì 22) Sam e Jimmy, che sono rimasti qui tutta la settimana, stanno preparandosi a partire. Sam è stato forte come una roccia durante l'uragano, ed è stato lui a decidere l'evacuazione, mentre io mi torcevo le mani non sapendo che fare. Brett era a New York; temo di essermi abituato a obbedirgli. In seguito si è visto che avremmo pure potuto restare, ma perché correre rischi, specie con dei bambini così piccoli?

Sto ascoltando Dvorak nel pomeriggio dorato. Tutti sono in spiaggia, ma io non sono andato perché mi sentivo troppo debole. Sam e Jimmy sono bravissimi con Zach. Questo bambino è un vero terremoto ed è un bene che Brett abbia qualcuno che l'aiuta perché io purtroppo sono inservibile. Quello che mi fa più piacere è che Stefano è molto attento e pieno di tenerezza con Zach e non c'è bisogno di chiedergli di dare una mano. Sta crescendo in fretta, forse troppo, ma questo è inevitabile. Finalmente mi sono deciso a parlargli della mia malattia, ma forse perché mi sono espresso in modo oscuro e non ho usato la parola Aids, lui non ha capito bene di che cosa si trattava. Qualche giorno dopo, Brett gliel'ha spiegato senza reticenze, dandogli la possibilità di fare domande e di esprimere i suoi sentimenti. Sono così contento che ci sia lui al mio fianco.

La mia salute, come avrai capito, non è un granché. Ho avuto dieci giorni di grazia senza febbre e me li sono goduti più che potevo, ma poi la febbre è tornata come una vendetta. Stanotte a mezzanotte avevo 38 e ho preso due Tylenol. Due ore dopo era salita a 38,3 e io scottavo. Anche la diarrea è peggiorata, molto liquida, e arriva molte volte al giorno. Questo mi indebolisce molto. Non posso partecipare pienamente alla vita gioiosa e disordinata della casa. Me ne sto seduto e mi accontento di osservare e di scambiare un sorriso, un po' di conversazione, una stretta. Certo, non è abbastanza per Brett, il quale, soprattutto quando la mia insonnia gli impedisce di dormire, diventa un po' brusco. Il tutto è esacerbato dalle zanzare che pungono il piccolo Zach, il quale, poverino, è indifeso. Ha il viso sfigurato, tutto gonfio e coperto di segni, e un orecchio – ma questo l'ho già detto all'inizio. Mi sto ripetendo; meglio concludere.

Conto su di te per cominciare a cercarmi un appartamento a settembre. Dovrebbe senz'altro avere tre stanze da letto, o anche due, se la cucina è grande e si può usare come tinello-salotto. Brett teme che finiremo in un buco di periferia e non riesco a convincerlo che non sarà così. È talmente russo!!! (sto leggendo *Guerra e pace*).

OK, Mammetta, è ora che io vada in spiaggia (sono le quattro e mezzo e il sole non fa male) a passare un po' di tempo con i ragazzi.

Lots and lots of love,

Giò

A eccezione dell'ora e mezzo che trascorreva in spiaggia ogni giorno, nel tardo pomeriggio, a Fire Island Giovanni uscì raramente di casa. Verso la seconda metà del mese non riusciva a camminare per più di due isolati senza sentirsi completamente esausto e senza fiato. Per di più, la diarrea si era fatta incontrollabile: certe volte aveva persino quindici scariche al giorno; e la febbre arrivava ogni sera puntuale come il rumore delle onde attraverso la finestra della camera da letto. Era agosto, e lui aveva sempre freddo.

Le mie giornate trascorrevano assai simili ai miei weekend a New York. Ogni mattina, quando Zach si svegliava, sgattaiolavamo fuori per andare al villaggio: lui faceva colazione seduto nel carrellino rosso che usavo per portare a casa le provviste, io sorseggiavo il mio caffè. Prima passavamo un paio d'ore al parco giochi, poi facevamo la spesa per la giornata; rincasando, in genere trovavamo Stefano che bivaccava ancora nel casottino degli ospiti e Giovanni seduto al tavolo della sala da pranzo che scriveva o leggeva. Dopo colazione, io portavo i bambini alla spiaggia, dove passavamo tutto il pomeriggio, all'ora di pranzo tornavo a casa, dove mettevo insieme una colazione al sacco da portare in spiaggia e preparavo qualcosa per Giovanni. Intorno alle quattro e mezzo ci raggiungeva, avvolto in più strati di camicie e asciugamani e con un cappello a falda larga in testa. Tornavamo a casa intorno alle sei e io preparavo la cena, dopodiché Giovanni e Zach andavano quasi subito a letto. Ben prima della fine della giornata anch'io ero completamente esausto; allora mi sedevo sulla spiaggia, con o senza Stefano, regalandomi un paio d'ore di lamentele e rigenerazione prima di crollare a letto addormentato. Nel fragile guscio del corpo di Giovanni abitava sempre la stessa mente avida e curiosa, e io non riuscivo a credere che tanta energia mentale non riuscisse a travasarsi nel suo involucro corporeo. In me panico e furia sono intercambiabili al punto da sembrare un'unica emozione: ogni giorno che passava ero sempre più furibondo.

Una settimana dopo il nostro ritorno da Fire Island decisi di far ricoverare Giovanni in ospedale. Era evidente che s'indeboliva ogni giorno di più; le mie cure ossessive e la miriade di rimedi casalinghi che escogitavo non bastavano più a sostenerlo. Il suo medico riuscì a trovargli un letto nel reparto Aids del St. Luke's-Roosevelt Hospital, che è organizzato un po' come un campeggio estivo per adulti: spettacoli, attività sociali, conferenze e seminari, una biblioteca/sala di lettura con un televisore e un pianoforte. Giovanni inorridì al pensiero di andare in ospedale, ma una volta sistemato a letto si rilassò, anzi parve più a suo agio di quando era a casa. Lì poteva dormire e leggere a suo piacimento senza doversi sentire in colpa perché non partecipava alla vita familiare; il momento più piacevole della giornata era la mattina, quando gli portavano il menù e lui ordinava i suoi tre pasti. All'inizio non volle visite, ma dopo un po' acconsentì a riceverne una o due al giorno. Era sempre stanco, e inoltre gli dava fastidio che gli amici lo vedessero attaccato ventiquattr'ore su ventiquattro alla flebo di sostanze nutrienti che era il piatto forte del suo trattamento. Sostenuto dai guanciali, circondato da libri e riviste, in un ambiente dove non gli si chiedeva altro che riposare, ammise di sentirsi quasi un re.

Giovanni rifiutava di uscire dalla sua camera. Non voleva vedere gli altri pazienti. Percorrere i corridoi con l'irresistibile impulso di sbirciare in ogni stanza sarebbe stato come fare un giro nella galleria degli specchi; e poi, restando a letto aveva l'impressione che la sua malattia fosse tenuta a bada, arginata, sottratta alle statistiche funeste.

Anch'io ero sollevato. Tornato a Horatio Street, mi sentivo come se i divieti fossero caduti. L'appartamento tornò a essere il parco giochi di Zach: più nulla gli impediva, al mattino, di fare il suo baccano delizioso, e *daddy* era sempre a sua disposizione. Il perpetuo conflitto di esigenze era stato risolto con la separazione fisica.

Durante una delle mie visite in ospedale Giovanni mi chiese di sedermi sul letto e di tenergli la mano. "Voglio che tu sappia," disse, "che qualsiasi cosa riterrai necessaria per soddisfare le tue esigenze sessuali, hai la mia benedizione." Quell'allusione indiretta, per lui così inconsueta, a una delle conseguenze tangibili della sua malattia mi terrorizzò al punto che immediatamente intervenne la mia rabbia. "Ci mancava solo che mi dessi il permesso di tradirti!" Per fortuna riuscii a tenere per me quella risposta. A Giovanni non dissi una parola: mi limitai a sorridergli. Solo al momento di prendere la metropolitana per tornare a casa mi resi conto di quanto dovevano essergli costate quelle parole, di quanta fragile speranza avesse dovuto abbandonare per farmi capire che mi amava e desiderava che i miei bisogni fossero soddisfatti, anche se ciò significava soddisfarli altrove. Da tanto tempo lo rimproveravo di prendere la malattia sottogamba, e così facendo aumentavo involontariamente la dose di scompiglio che essa gettava nella nostra vita. Finalmente era arrivata quella presa d'atto, ma ecco che mi portava via proprio quello che credevo avrebbe esaltato: la forza. Giovanni mi ricordava per l'ennesima volta che la sua speranza e la sua negazione, sotto qualunque veste si presentassero, mi servivano per essere forte, così come lui aveva bisogno della mia vigilanza e della mia competenza. Fra quegli estremi opposti c'era una simmetria quasi perfetta, un tacito vincolo di fedeltà.

New York, 13 settembre 1991

Cara Donatella,

grazie della tua lettera. Sei una delle poche persone che mantiene una corrispondenza, sia pure non regolarmente. È triste che quest'arte si perda. Anche persone che di mestiere fanno il giornalista non mi rispondono. Maledetto telefono.

Oggi ho avuto una colonoscopia e varie biopsie allo stomaco. Mi hanno dato il Demerol ed ero proprio "fatto". Piacevolissimo. Non che vorrei riprovarci. Stanno cercando di scoprire le cause della diarrea con la speranza di fermarla o quantomeno ridurla. Le cose non stanno andando bene e ho l'impressione, anche da quanto tu mi dici, che il babbo non ne sia sufficientemente consapevole. Forse tu potresti aiutarlo a prepararsi. Immagino sia difficile anche per te, tuttavia. La mamma poi veleggia in un mondo tutto suo. Anche per lei sarà uno choc che non aiuterà le sue condizioni. Il mio peso è sceso ancora parecchio e comincio ad avere *quel* look. In tutto questo Brett è molto coraggioso e molto caro, ma a volte non ce la fa. Così ha cominciato ad andare a ben due gruppi di appoggio: uno per persone che hanno qualcuno molto vicino malato (non necessariamente Aids; una donna ha il marito col Parkinson), e un altro per "co-dependents". È un concetto molto alla moda qui. Difficile da spiegare, ma direi senza dubbio che per molti anni tu lo sei stata nei confronti del babbo: fare tutto *per* la persona al posto della persona, poi provarne risentimento, e cercare di controllarne le attività e financo i sentimenti. È il ritratto di Brett nei miei confronti. Tu mi dirai: "Ma io credevo che questo significasse essere buoni!" Ed è vero, ma ci sono dei lati più oscuri. Gli americani "medicalizzano" troppo ma io mi sono convinto che questo è un vero disturbo della personalità. Anche perché si ripete.

Domenica 13 il mio collega Andrea Visconti dà un "arrivederci party" (meglio di "farewell", troppo definitivo) e per la prima volta in cinque anni mescolerò sostanzialmente alcuni scelti colleghi italiani – che ho frequentato molto poco – e i miei (e di Brett) amici americani.

[...] Un grande abbraccio,

Giò

Oltre alla flebo di sostanze nutrienti, Giovanni fu sottoposto a una sfilza di esami del sangue e a una colonoscopia. La diagnosi fu: citomegalovirus (Cmv) combinato con il parassita cryptosporidium. Il Cmv è una vera e propria infezione opportunistica che in genere colpisce il cervello o gli occhi e provoca demenza o cecità. Nel caso di Giovanni, il Cmv e il parassita erano localizzati soltanto nel colon. I medici ci assicurarono che con un trattamento opportuno il primo poteva essere eliminato e il secondo tenuto a bada. Questo significava che la diarrea sarebbe scomparsa, l'energia sarebbe tornata, il peso sarebbe stato riacquistato. In altre parole, era un altro episodio, un altro sintomo-come-malattia destinato a passare, ma stavolta con una differenza significativa di sfumatura semantica: dal punto di vista clinico, Giovanni non era più soltanto sieropositivo. Adesso aveva l'Aids.

Oltre a Beedie, d'ora in poi Giovanni avrebbe avuto un altro compagno inseparabile: un catetere. Anziché iniettargli ogni giorno i farmaci in vena, avrebbero aperto chirurgicamente una porta nel suo addome, dalla quale un catetere interno sarebbe corso su per il torace fino all'altezza della clavicola. Il catetere avrebbe reso possibile somministrargli ogni giorno per un'ora il Dhpg, un preparato che debellava il Cmv, ma solo se assunto vita natural durante. Due giorni dopo il piccolo intervento chirurgico, Giovanni fu dimesso. Quella mattina arrivai all'ospedale con un regalo per lui, per noi: una sedia a rotelle di metallo e cuoio color cacao. Come souvenir, Giovanni si portò a casa l'orinale di plastica, così non avrebbe più dovuto alzarsi cinque-dieci volte ogni notte per andare in bagno. Su consiglio del medico, appena arrivati a casa buttammo via la bilancia. "Non fatevi ossessionare dal peso," aveva detto.

Per la prima settimana venne da noi un'infermiera ogni mattina, dopo che avevo portato Zach all'asilo, per insegnarmi a preparare e attaccare la flebo, che richiedeva l'assemblaggio di oltre venticinque pezzi. La parte più complicata era inserire nella porta l'ago a farfalla, che prima doveva attraversare la carne. Attaccato all'ago c'era un tubicino di plastica, lungo circa dieci centimetri, che pendeva dal torace di Giovanni. All'estremità del tubicino c'era un tappo di gomma, e in questo tappo andava infilato l'ago della flebo. Una volta inserito, questo poteva restare nella porta anche tre giorni, purché fosse ben coperto da un cerotto impermeabile per ridurre il rischio che s'infettasse quando Giovanni faceva la doccia. La procedura portava via quasi due ore ogni giorno; decidemmo dunque di farla di sera, dopo che Zach era andato a dormire. Io preparavo la soluzione di Dhpg, che andava tenuta in frigorifero, e mentre Giovanni si svestiva per andare a letto mettevo insieme tutti i pezzi in cucina. Dopo avergli rimboccato le coperte, gli attaccavo la flebo. "Non andare via," mi diceva quando avevo finito; allora mi sedevo con lui a parlare o a massaggiarlo finché, in genere dopo venti minuti, si addormentava. A quel punto mi ritiravo in salotto, ma ogni quarto d'ora entravo in punta di piedi in camera da letto. Con un fiammifero acceso, illuminavo la sacca appesa a una stampella di filo di ferro agganciata al lume del comodino (non eravamo ancora passati al vero e proprio "albero"), e controllavo che il liquido scendesse al ritmo giusto: una goccia ogni due secondi. Una volta finita la flebo, smontavo tubi e accessori vari separando tutti i pezzi non riutilizzabili. Quelli attraverso cui erano passati i farmaci, o che potevano essere venuti a contatto con i fluidi corporei, andavano depositati in uno speciale contenitore di plastica rossa che la società di forniture mediche provvedeva a ritirare una volta a settimana; il resto si poteva buttare nella spazzatura. A quel punto erano ormai le undici: l'ora agognata di andare a dormire.

E l'indomani, da capo.

11.

Il trasloco a Roma, fissato per il 3 ottobre, fu rinviato perché Flaminia e il suo ragazzo Andrea decisero di venire a trovarci per tre settimane alla fine di settembre: era dal suo arrivo a New York che Giovanni invitava sua sorella. La nuova data, il 15 ottobre, fu di nuovo spostata perché una mia amica di Boston si sposava il 13 e io non volevo mancare al matrimonio (anche se alla fine non ci andai). Finalmente fu stabilita una terza data, questa volta definitiva: il 24 ottobre. Poco dopo che Giovanni era stato dimesso dall'ospedale, lasciai il mio impiego: lui non usciva più e in casa, se non al suo capezzale, ci voleva l'equivalente di un'infermiera. E poi, era ora di cominciare a pensare a come traghettare le nostre cose dall'altra parte dell'Atlantico.

Le difficoltà logistiche erano schiaccianti. Prima di tutto c'era Brooklyn. I miei averi, che giacevano lì immagazzinati, andavano trasferiti a casa dei miei genitori oppure gettati via. Poi bisognava fare la cernita delle cose di Walnes. Inorridivo all'idea di passare un pomeriggio in cantina a esaminare ogni oggetto o documento residuo con la madre di Walnes: non l'avevo mai frequentata, parlava solo creolo e non aveva la minima idea, non dico che suo figlio fosse morto di Aids, ma neppure che fosse gay. Telefonai allora a un comune amico che parlava inglese e gli chiesi di fissarmi un appuntamento. Mi rispose: "Marie vuole sapere se a toccare i vestiti di Walnes c'è pericolo".

La signora, come ebbi modo di constatare, non tentò affatto di spandere la sua malinconia personale su ogni oggetto. Si mise anzi a maneggiarli con piglio sbrigativo, decidendo all'istante cosa farne (per lo più, gettarli nella spazzatura) come se fossero complici della morte del figlio. In capo a tre giorni la cantina era vuota, a eccezione di tutte le cose che andavano imballate e portate a Philadelphia dai traslocatori.

Poi c'era Manhattan. E qui, la faccenda aveva tre aspetti. Di mio, a Roma, non intendevo portare nulla, tranne i vestiti e i giocattoli di Zach, e in ogni caso non volevo riempire più di tre valigie e un baule. Sapevo bene che cosa sarebbe successo a Roma e mi ero già fatto un'idea sul quando; ciò che non sapevo era se sarei rimasto lì dopo che fosse successo. Quando arrivarono i traslocatori per fare il preventivo di spesa, Giovanni e io li pilotammo da una stanza all'altra. Loro indicavano i vari oggetti e io, a seconda dei casi, dicevo "Philadelphia", "Roma", oppure "resta qui". Giovanni fu scioccato perché dicevo quasi sempre "Philadelphia". "Ma quel quadro perché non lo prendi? Ti è sempre piaciuto... Come, vuoi lasciare quella sedia? E perché non possiamo portare il pianoforte? Ma insomma, perché non vuoi prendere *niente*?" Il motivo gliel'avevo già spiegato, ma adesso che il verdetto veniva ripetuto da una stanza all'altra dell'appartamento e consegnato ai fogli d'inventario, Giovanni era allibito.

"Te lo devo proprio spiegare un'altra volta? Non ho né la pazienza né la calma necessaria ad affrontare la cosa in modo disteso. Faresti meglio a cercare di ricordartelo da solo, il motivo."

"No, dimmelo," insisté.

"Perché a Roma tu morirai, e io non sono sicuro che vorrò o potrò restare. L'ultima cosa che desidero è buttare il tempo e i diecimila dollari che ci vorrebbero per riportare tutto quanto in America."

"Oh." Con aria triste da cucciolo bagnato, mi pregava di impedire che andasse a finire così.

Poi, in tono più dolce: "Mi dispiace, ma un giorno tu non ci sarai più, mentre Zach e Stef e io ci saremo ancora e dovremo fare i conti con le cose che non spariscono insieme a te, e questo mentre siamo alle prese con un abissale senso di perdita. Sto cercando di evitare che succeda un disastro, il giorno che il disastro succederà. Certo, di' pure che mi attacco disperatamente alla razionalità. Io cerco di tenerti nascosta la tua morte, ma tu a volte non me lo permetti. Mi dispiace".

New York, 15 settembre 1991

Cara Kathy,

grazie per le tue parole gentili. Anch'io in un certo senso mi sento legato a te, attraverso Sam.

Da questa parte del continente ci si prepara al trasloco. Euforia e terrore. Tante decisioni da prendere, tante cose di cui occuparsi, tante tappe: Manhattan, Brooklyn, Philadelphia. Brett è sempre stanchissimo e io ho paura che il trasferimento vero e proprio possa essere troppo per lui. Io mi sento come sospeso a mezz'aria. Mi sto restringendo sia in senso fisico (sono sceso a 49 chili) che in senso metaforico. Partecipo sempre meno alla vita che si svolge intorno a me, e comunque non ne ho veramente voglia. Comincio a capire come si sentono i vecchi. È una sorta di distacco dalle faccende di questo mondo. Purtroppo queste "faccende" comprendono le persone e i loro sentimenti. Amo Brett ogni giorno di più. Sento che non ho ancora finito il mio lavoro con Stefano. E vorrei tanto poter diventare parte della vita di Zach. È questa la cosa più dura: staccarsi da coloro che ami. Oggi sono stato coi ragazzi a fare un picnic nel parco, e la sensazione era talmente forte che mi sono sdraiato in terra e... nel giro di un minuto dormivo! Ho sempre questa via di fuga, anche se il mio sonno diventa sempre più agitato.

Spero che tutto ti vada bene. Noi veramente abbiamo in testa il folle sogno di trasferirci a Berkeley, un giorno. Chissà? Forse un giorno saremo vicini di casa. Dai i miei saluti a Bob.

Un grande abbraccio,

Giovanni

Silvia ci dette una buona notizia. Aveva trovato un appartamento che rispondeva a tutti i requisiti, oltre che ai nostri desideri: era in Trastevere, dove abitavano sia lei che Manu, aveva tre camere da letto (una per Zach, una per Stefano, una per Giovanni e me), un terrazzo, ed era al primo piano (nel caso lo stabile fosse privo di ascensore avevamo stabilito il limite di diciotto gradini dal marciapiede alla porta di casa. L'appartamento ne aveva dodici). Costava un'enormità, il che, sulla carta, mandava all'aria tutto il nostro bilancio. Ma io ero talmente stanco di organizzare e riorganizzare e discutere e galleggiare di continuo in un limbo di congetture e piani alternativi – mentre il tutto appariva sempre più di un'urgenza disperata e al tempo stesso assolutamente privo di senso – che cedetti a Giovanni. La certezza che entro una settimana dal nostro arrivo avremmo avuto un'abitazione permanente valeva la spesa e, inoltre, sapevo che la nostra vita sarebbe stata circoscritta alle mura domestiche, il che rendeva ancor più importanti le dimensioni e il comfort dell'appartamento. Nel corso della mia conversazione con Silvia, contro il volere di Giovanni, le parlai della sedia a rotelle.

Flaminia e Andrea arrivarono alla fine di settembre e rimasero da noi per tre settimane. Ormai Zach e io avevamo conosciuto la famiglia Forti e ci avevamo passato insieme un bel po' di tempo. Roma mi sarebbe stata meno estranea, e mi confortava aver stabilito un forte legame con quelli che sarebbero diventati i personaggi principali della nostra vita.

I sette giorni precedenti la partenza furono designati "settimana dei dottori". Raddoppiai la frequenza delle mie sedute di psicoterapia, portai Zach per la prima volta dal dentista e io stesso ci andai per la prima volta dopo due anni. Anche i nostri due gatti, che partivano con noi, li feci vedere dal veterinario che mi dette i certificati di vaccinazione e le attestazioni sanitarie prescritte. Il più giovane, che aveva sedici anni, venne soppresso perché aveva un tumore. La più vecchia, Moats, aveva diciotto anni e dava segni di insufficienza renale, ma decidemmo di portarla lo stesso. Il mio pensiero principale era che avessimo abbastanza medicine per Giovanni, per evitare di dovermi preoccupare della cosa non appena sbarcato dall'aereo. Al Consolato italiano mi dissero che importare medicinali era vietato, che forse una lettera del medico sarebbe stata utile, ma che loro non garantivano nulla perché la decisione stava alla discrezione del doganiere che ci avrebbe controllati. In ogni caso, un pomeriggio passai sei ore a compilare un inventario di tutte le medicine e gli accessori che Giovanni usava in quel momento (la lista comprendeva oltre cinquanta articoli) e a calcolare per ciascuno il fabbisogno per sei settimane. Quando i medicinali che avevo ordinato arrivarono, Flaminia e Andrea ne nascosero in valigia una scorta sufficiente per quattro giorni, che imballata occupava lo stesso spazio di due grosse scatole da scarpe. Quella sarebbe stata la nostra riserva d'emergenza, nel caso che il grosso del carico venisse bloccato alla dogana. Il rimanente, cioè il fabbisogno per cinque settimane, lo mettemmo in uno scatolone grande più o meno come un frigorifero meno lo scomparto del ghiaccio. Lo scatolone avrebbe fatto parte del nostro bagaglio, insieme alla gabbia del gatto, alla sedia a rotelle, al seggiolino di Zach, più cinque valigie e la grossa borsa termica da picnic con dentro la scorta di un preparato che andava conservato al fresco. Costo totale dell'occorrente per sei settimane, sempre che non ci fossero intoppi alla dogana: trentatremila dollari.

L'ultimo dei consulti medici che facemmo a New York fu con il dottore di Giovanni, che oltre alle ricette ci consegnò una lettera destinata alle dogane e una copia della cartella clinica. Quando Giovanni andò alla reception per pagare il conto, io mi trattenni nello studio del medico. "Non pretendo certo un pronostico infallibile," dissi, "ma vista la nostra situazione vorrei sapere quanto gli resta da vivere, secondo lei." La risposta fu: "Meno di un anno". "Io dico circa sei mesi." "Forse ha ragione."

La cartella clinica di Giovanni fu spedita in Svizzera via telefax, insieme con la richiesta di ricovero. Il giorno dopo ci inviarono una lettera di conferma in cui dicevano che fra ottobre e gennaio la clinica sarebbe rimasta chiusa: gli impianti erano in corso di ampliamento, e con ogni probabilità sarebbero stati trasferiti. Chiamai allora la persona che mi aveva messo in contatto con la clinica, un greco che abitava a Boston e fungeva da amministratore e addetto alle relazioni pubbliche per conto del dottore svizzero. Mi spiegò che non era consentito rivelare il nome del paese in cui sarebbe stato aperto il nuovo centro. Disse pure che la lista d'attesa era lunga, ma che Giovanni sarebbe stato ricoverato nel giro di qualche settimana dalla riapertura, probabilmente alla fine di gennaio o a febbraio. Mancavano quattro mesi.

Il mese e mezzo che trascorremmo a New York fra il giorno in cui Giovanni venne dimesso e il nostro trasferimento a Roma fu relativamente stabile, dal punto di vista delle sue condizioni di salute. Il suo peso – circa 48 chili – rimaneva costante, la diarrea si era ridotta a quattro o cinque scariche al giorno, la febbre arrivava puntuale di sera. Nei ritagli di tempo compresi fra i due o tre sonnellini quotidiani, che duravano in genere un paio d'ore, facevamo qualche passeggiata con l'aiuto della sedia a rotelle. All'inizio, Giovanni era restio a usarla nelle immediate vicinanze di casa, ma la prospettiva di uscite più lunghe e di una maggiore mobilità ben presto lo convinse. Durante le frequenti uscite consentiteci dalla carrozzella, mi chiedevo spesso che genere di configurazione si presentasse agli occhi dei passanti che si voltavano a fissare i due uomini, il bimbo e la sedia a rotelle che percorrevano i marciapiedi del Village.

L'effetto perverso, eppure cruciale, della sedia a rotelle fu di ricreare l'intimità fra Zach e Giovanni, iniziata un anno prima e subito perduta; adesso, Zach era tutto contento di passare un paio d'ore al giorno in braccio a Giovanni. Con effetto non meno perverso né meno cruciale, le flebo della sera divennero la nostra nuova forma d'intimità: alla fine della giornata, soli nella nostra camera da letto, immersi nella concentrazione, eseguivamo con delicatezza un atto in cui dei fluidi penetravano nel corpo dell'uno per effetto delle azioni dell'altro. Erotismo da corsia.

Tre giorni prima della nostra partenza, i trasportatori imballarono tutto ciò che andava depositato a casa dei miei genitori. Il giorno seguente i cento scatoloni vennero caricati sul furgone che, dopo una fermata a Brooklyn per raccogliere quel che era rimasto, partì alla volta di Philadelphia. Io feci il tragitto con loro; Zach rimase con Judith fino al mio ritorno, quella sera stessa. Il mattino seguente, gli uomini tornarono per imballare e caricare tutte le cose da spedire in Italia. Alla fine della giornata, nell'appartamento erano rimasti un divano, un tavolo, un ventilatore, una palma, una yucca – tutte cose che avremmo lasciato lì – più i bagagli per l'indomani. Quella notte la passammo in una pensione a pochi isolati da casa, dopo aver cenato con Sam e Jimmy in un ristorante lì vicino.

Tutto andò liscio, e alla fine ero distrutto. Quella notte restai sveglio, nonostante avessi preso del valium (avevo implorato il mio medico di darmene una scorta sufficiente per due settimane, dopo avere spiegato le circostanze e giurato che mai avevo preso sedativi in vita mia): cercavo di trasformare a forza quell'enorme cambiamento in qualcosa che assomigliasse un po' più alla routine di tutti i giorni. Dopo quattordici anni – la mia intera vita di adulto – stavo lasciando New York con mio figlio (già di per sé un cambiamento immenso dal quale mi sentivo ancora strozzato) e un malato terminale, per trasferirmi in un paese che avevo visitato soltanto una volta vent'anni prima dietro i finestrini di un pullman e in cui si parlava una lingua che era una musica per le orecchie e una babele per il cervello e tutte le cose e le persone che facevano parte della mia vita esteriore e che con dolce, rassicurante prevedibilità mi spingevano ad andare avanti a partire da domani non ci sarebbero più state e mi sarei ritrovato in terra incognita con un bambino di tre anni e un uomo che sarebbe morto presto (ma *quando*, maledizione!) a combattere per loro e per me stesso e i mesi passati a organizzare e a preparare sono finiti e che cosa mai potrà riempire il vuoto se non il suo legittimo inquilino terrore puro e dolore sono così stanco insopportabilmente stanco ma non riesco a dormire perché tutto ciò che nella mia vita non è stupefacente tutto ciò che è calmo e stabile e sta lì e mi crea e mi resuscita e mi nutre quasi senza che debba pensarci non ci sarà più e mi resteranno solo stupori e novità e fonti di sgomento costante e di preoccupazione da mozzare il fiato leggasi Zach = Vita, Giovanni = Morte senza più i fili che mi tengono attaccato al mio vortice personale rassicurante conosciuto. Sì, questo è il mio folle brettesco apogeo.

12.

Di fronte a casa di Manu, dall'altra parte della strada, c'è una serie di ripide gradinate che per tre volte intersecano a serpentina via Garibaldi, come il tratto che attraversa il simbolo del dollaro. Le rampe sono riparate da buganvillee, jacarande e altre piante dal fogliame fitto, così che mentre si sale l'aria è scura, umida e ha un fertile aroma interiore che assorbe gli odori e i rumori della città. Superata la terza galleria di foglie c'è uno spiazzo da cui si gode una veduta panoramica di Roma. Fu qui che Zach e io contemplammo per la prima volta la città, subito dopo aver depositato i bagagli a casa di Manu. Qui ci saremmo fermati per la prima settimana, fino al 1° novembre, giorno in cui dovevamo prendere possesso del nostro appartamento. Appena arrivati, Giovanni era andato dritto filato in camera da letto. Spaziando con lo sguardo su quel nuovo vecchio mondo, mentre Manu m'indicava col dito e nominava con voce bassa e velata palazzi, monumenti, cupole e rovine – di cui Giovanni, nei mesi precedenti mi aveva spesso detto: "non vedo l'ora di portarti a..." – sentii che se pure fossi riuscito a visitarli l'avrei fatto da solo, o comunque non con lui; anzi probabilmente il mio giro turistico era già finito. Stranamente, per quanto meravigliosa fosse la vista di Roma, il mio interesse per l'esplorazione dei suoi tesori storici e artistici era vivo solo a metà. Era invece pienamente all'erta un sentimento opposto: come conquistare, come addomesticare la mia nuova città in modo che mi sembrasse familiare. Quel che volevo non era tanto lasciarmi esaltare da Roma quanto sentirmi a casa mia. "Dov'è la farmacia?" era una domanda più pressante che non: "Dove sono i Caravaggio?"

Alla fine della prima giornata era già venuta a trovarci praticamente tutta la famiglia: Stefano, Giovanna, Flaminia, Silvia, i due figli di Manu. Mancava soltanto Francesco, che ultimamente si era trasferito a Milano. Giovanni, sdraiato sul divano, sembrava un re circondato dalla corte. Quella famiglia così unita e solidale mi suscitava invidia. Speravo che io e Zach saremmo riusciti a penetrare nel suo caldo abbraccio, non solo per avere l'impressione di appartenere a una famiglia tradizionale, ma anche perché avevo bisogno del suo aiuto quotidiano.

"Prima e dopo la somministrazione del Dhpg, occorre lavare la porta e il catetere con la soluzione salina e poi con l'eparina, che è un anticoagulante. Allora, ripeto la sequenza: salina, Dhpg, salina, eparina. La soluzione salina sta in questi due flaconi con il tappo rosa. Le siringhe da usare sono quelle sottili. Gli aghi sono nello scatolino rosa. Semplice, no?: rosa con rosa. L'eparina sta nel flacone con il tappo bianco. Per questa si può usare lo stesso tipo di siringa, ma serve un ago più fine, che sta nello scatolino rosso. Il Neupogen va iniettato nella coscia ogni giorno, una volta da una parte e una volta dall'altra, e va conservato in frigorifero. La siringa è già pronta e ha l'ago già inserito. È quella sottilissima. Il Neupogen fa aumentare i globuli bianchi, mentre il Dhpg ha il brutto vizio di farli calare..." Questa la lezione che tenni la sera seguente, dopo cena. Silvia e Manu erano sedute al tavolo da pranzo su cui avevo sciorinato tutto l'armamentario delle medicine. Il mio piano era spiegar loro, passo dopo passo, come somministrare a Giovanni le medicine che doveva prendere per via endovenosa, per non avere il monopolio di quell'aspetto dell'assistenza. Ma dalla faccia che faceva Silvia, man mano che procedevo nella spiegazione, mi resi subito conto che stavo per perdere almeno un'allieva. Di colpo mi tornò in mente il libretto d'istruzioni del Meccano che avevo da bambino, pieno di figure di tutte le ruote da luna-park e i grattacieli e le gru che si potevano costruire: nell'istante in cui, tutto pieno di entusiasmo, mi accingevo a leggere le istruzioni, restavo come paralizzato. Non riuscivo assolutamente a eseguire con calma, una dopo l'altra, le fasi della costruzione: l'intero processo mi si parava davanti come un'unica, gigantesca complessità, dalla quale in genere veniva a salvarmi mio padre, che si metteva a costruire senza insegnarmi, mentre io sparivo invariabilmente fino a che l'opera era ultimata. Con Manu e Silvia andò esattamente allo stesso modo. La storia si ripeteva. In capo a due giorni, ero un maestro senza più scolari.

Malgrado continuasse a fare un tempo grigio e umido, com'è tipico dell'inverno romano, Zach e io passavamo lunghe ore all'aperto. Una rampa più su dello spiazzo davanti a casa di Manu si estendeva il grande parco del Gianicolo, e nel quartiere c'erano diverse piazze dove andavamo quasi tutti i giorni. La mia bronchite, iniziata due settimane prima del trasloco, non dava segni di miglioramento. Certo non è che mi curassi molto: a ripensarci, credo che il bambino che era in me desiderasse venir costretto a letto per dimostrare al suo piccolo mondo quant'era indispensabile. Un pomeriggio facemmo il primo, breve giro turistico fino alla vicina Isola Tiberina, con Giovanni in sedia a rotelle, Zach nel suo grembo, e io e Stefano che a turno spingevamo la carrozzella per le strade praticamente prive di marciapiedi. Quando rientrammo ero pieno di vesciche sulla parte interna dei pollici, provocate dalla costante pressione che dovevo esercitare mentre guidavo la carrozzella per evitare che questa, procedendo a scossoni sul selciato, sbandasse in mezzo al traffico. Giovanni disse che quei sobbalzi gli davano la nausea, come in aereo quando c'è turbolenza. Il resto della settimana lo trascorse in casa, dormendo e ricevendo visite.

Il weekend prima di stabilirci nel nuovo appartamento, andammo con Manu, la sua amica Rita e Stefano a Porvietoli, il casale di campagna di Silvia, situato nei pressi di Grosseto. Giovanni rimase tutto il tempo vicino al caminetto – unica fonte di calore – mentre noi oziavamo all'aperto. Manu mi costrinse a riposarmi, a fare la siesta dopo pranzo e ad alzarmi tardi; mi fece persino qualche seduta di Reiki per farmi passare la bronchite. Ma gli accessi di tosse erano talmente violenti che a un certo punto mi si stirò un legamento e dovetti raggomitolarmi in un angolo, quasi vomitando, finché la tosse si calmò. Visto che poco dopo cena Zach crollava dalla stanchezza, la sera mi restava qualche ora per rilassarmi dopo averlo messo a letto e dopo fatta la flebo a Giovanni, procedura cui Stefano assisté per la prima volta. La prima sera sentimmo delle grida provenire dalla camera da letto. Era Zach che, abituato a dormire con un lumetto a forma di Paperino acceso, si era svegliato, e resosi conto di essere al buio strillava: "*Daddy!* Non ci vedo più! Mi sono caduti gli occhi!"

"Allora, ti è piaciuto Porvietoli?" mi chiese Giovanni mentre tornavamo a Roma in macchina.

"Moltissimo. È meraviglioso avere un posto così dove poter andare."

"Già. Però devi promettermi che ci torneremo soltanto quando farà un po' più caldo. Il freddo non lo sopporto."

Non siamo mai tornati.

Roma, martedì 6 novembre

Carissimo Sam,

tu non ci crederai ma è la prima volta che ho tempo e mi sento abbastanza bene da scriverti: è la verità. L'altro giorno ho passato alcune ore da solo, ascoltando musica e leggendo, ma ero troppo stanco per fare qualsiasi altra cosa. Ho avuto qualche brutta giornata in cui mi sono sentito assolutamente depresso e spossato. Ma il mio umore resiste. E oggi sto molto meglio. Sono a casa di Manu e aspetto che vengano a riparare la lavatrice: mentre stavamo qui da lei, Zach ci ha messo dentro dei ceci, provocando un'inondazione.

Come vanno le cose? Il nostro appartamento è magnifico ma pieno di piccoli difetti cui bisogna rimediare. Mia madre è bravissima e ci aiuta molto, purché non sia sola. Il povero Brett non sta bene, sia fisicamente che mentalmente. Ha una brutta bronchite e soltanto oggi si è deciso ad andare dal dottore. Quando tossisce gli fa male. E poi, come al solito, esagera a darsi da fare per casa; comunque fa miracoli. Però dice che si sente "in gabbia", il che è molto mortificante per me perché so che le cose andrebbero diversamente se io non fossi una specie di cencio bagnato. Vabbé. Si è anche scontrato con la burocrazia italiana, nel tentativo di iscrivere Zach all'asilo. Siamo andati a vederlo, e Zach ogni tanto dice che vuole andare a scuola. Ma prima Brett deve ottenere dalla Questura il "permesso di soggiorno", poi la residenza e infine un permesso temporaneo (haha). Però nessuno l'aveva avvertito, e così ogni volta che va in un ufficio (una volta ci è andato dalle sei del mattino e ha fatto la fila sul marciapiedi sotto la pioggia, mentre era ancora buio) lo spediscono da un'altra parte.

Sono andato in ufficio tre volte e tutti sono stati molto carini. Ho detto a [...] che ho l'Aids. Lui ha la sclerosi multipla, così ci siamo descritti i sintomi a vicenda. Dei quattro articoli che ho proposto, ne hanno accettato uno, forse due, e uno è stato respinto. Mica male. Però adesso mi tocca scriverli!

Roma è bellissima e Manu è meravigliosa. Sono tutti impazienti di vedere te e Jimmy. Mi manchi.

Un grande abbraccio,

Giò

L'appartamento nuovo, ammobiliato per tre quarti, aveva una grandeur da vecchio mondo che mi faceva sentire un ospite privilegiato. Non riuscivo a credere che avremmo vissuto in mezzo a tutti quei mobili pieni di fregi, ripiani in marmo e cornici dorate. Il palazzo faceva risaltare l'irrealtà di quella nuova situazione, e ben sapevo che avrei dovuto rinunciare al lusso di quegli ambienti spaziosi – chiara ricompensa, eccessiva e magra al tempo stesso, per le restrizioni imposteci dalla malattia di Giovanni – una volta che questa avesse fatto il suo corso. Le due cose erano legate indissolubilmente. L'una era la premessa dell'altra. La fine dell'una avrebbe significato la fine dell'altra. L'appartamento era purtroppo destinato a far parte della transitorietà, quindi era un luogo a cui non affezionarsi, dove non mettere radici.

Poco tempo dopo aver preso possesso dell'appartamento – impresa iniziale abbastanza semplice, visto che i mobili che avevamo spedito dall'America sarebbero arrivati a Napoli soltanto di lì a un mese – riuscii a iscrivere Zach alla scuola materna del quartiere, la stessa che Stefano aveva frequentato quando aveva la sua età. Due settimane prima, visitando la scuola insieme a Zach e a me, Giovanni si era fatto riprendere dal vecchio complesso della sedia a rotelle, insistendo che la parcheggiassi in modo che non si vedesse dalle aule. Una volta iscritto Zach, cominciò a delinearsi la nostra routine quotidiana. Io lo accompagnavo a scuola alle otto e mezzo, compravo i giornali, tornavo a casa per preparare la flebo e la colazione che Giovanni faceva in contemporanea mentre leggeva "La Stampa". Intorno alle undici decideva di andare a lavorare due o tre ore, o di non uscire. Comunque fosse, fra le undici e l'una io mi occupavo delle faccende domestiche e sistemavo le nostre cose, oppure uscivo per commissioni, visto che tra l'una e mezzo e le quattro tutti i negozi chiudevano.

Uno dei miei compiti quasi quotidiani era passare dal dottore a ritirare le ricette e poi andare in farmacia. I medicinali costavano pochissimo, ma la mutua li passava in quantità molto limitata: da cinque a venti compresse. Siccome Giovanni usava ogni giorno fino a quattordici medicine diverse, per un totale di trentotto compresse, almeno una ricetta andava rinnovata quotidianamente.

All'una in punto preparavo il pranzo per Giovanni, per me e anche per Stefano, se erano i giorni della settimana in cui stava da noi. I pomeriggi li passavo per lo più con Stefano, oppure, se lui non c'era, a fare cose che si fanno in posizione orizzontale, come leggere o fare un pisolino con Giovanni, e questo fino alle quattro e mezzo, ora in cui andavo a prendere Zach a scuola. Le ore fra le cinque e le otto di sera erano le più massacranti, le più detestate. Zach, privato del riposino pomeridiano per via della scuola, e alle prese con la nuova lingua, quando tornava a casa generalmente passava un'ora a comportarsi come un selvaggio. Intrappolato in quella ragnatela di imperiosità e inconsolabilità, mi affannavo a preparare la cena, mentre Giovanni guardava la tv o parlava al telefono con i suoi amici. Il venerdì sera era un po' meno duro, perché avevamo conservato l'abitudine di preparare una cena di *shabbath* e di invitare amici o parenti; mentre io ero in cucina loro tenevano compagnia a mio figlio. Avevo ormai rinunciato a sperare che Giovanni intervenisse almeno una delle venti volte che Zach strillava "*Daddy!*", ma a vederlo immerso proprio a quell'ora nella sua pausa di socialità e di oblio familiare, mi veniva voglia di cambiare vita. Come a New York e a Fire Island, alle otto e mezzo tutti erano a letto, e la mia solitudine sapeva di punizione più che di ricompensa.

I parenti di Giovanni e i suoi innumerevoli amici mi chiedevano di continuo: "Che possiamo fare per darti una mano?", e la mia risposta era sempre: "Aiutatemi a immaginare in che modo potete aiutarmi. Avete visto come vanno le cose. Che proponete?" Ma la stessa domanda tornava a galla di tanto in tanto, ricordandomi che se la loro preoccupazione era sincera, il mio problema era relativamente impossibile da condividere. Quando andai dal medico con la bronchite e questi mi disse: "Cerchi di starsene a letto e comunque non esca per una settimana," non potei fare altro che ridere.

Roma, 14 novembre 1991

Carissimo Sam,

oggi a Roma piove, ma non fa freddo. Stamattina, di buon'ora, sono dovuto andare dai Vigili Urbani per ritirare le carte che mi servono per il cambio di residenza. Poi sono tornato a casa e mi sono rimesso a letto. Adesso sono appena tornato dal mercato: Brett e io siamo andati a fare la spesa perché Stefano viene a pranzo da noi. Brett non sta bene per niente. La sua bronchite non vuole passare. Domani andrà di nuovo dal dottore. Questa malattia gli impedisce di godersi Roma, e inoltre lo preoccupa.

A partire da domani, ogni giorno mi toccano sei ore di flebo! (più un'ora di Dhpg). Questo vuol dire niente più vita sociale, però sono contento di cominciare questa terapia d'urto contro la diarrea. Un sacco di sostanze nutrienti per rimettermi in forze, più un'iniezione due volte al giorno di una medicina forte, più altri liquidi assortiti. Speriamo! Comunque, stasera c'è l'Ultima Cena del Sepolto Vivo. Andiamo (ma forse Brett non viene) da Giovanna, che ci ha invitati a cena con Alex S. e sua moglie. E pensare che la cena era stata organizzata proprio per Brett! Spero che ce la farà. Lui e Stefano sono andati da Manu per uno speciale seminario di Reiki che gli è piaciuto molto. Durante il nostro weekend a Porvietoli, Stefano è stato molto sarcastico a proposito del Reiki: secondo Manu, si vedeva benissimo che gli interessava! Con Stefano abbiamo stabilito un ritmo: adesso viene da noi ogni settimana per tre giorni, più un weekend sì e uno no. Io avrei preferito una settimana alla volta e Stefano ha addirittura chiesto di restare per due settimane di fila! Ma Giovanna ha posto il veto, e la capisco. Comunque mi sembra contento, ha l'aria di essersi ambientato bene, e si gode le premure materne di Brett.

Fra Brett e me ci sono come sempre degli alti e bassi. Domani lui comincia una terapia individuale, e giovedì è il giorno della terapia di coppia. Whoa! Io non ne avevo molta voglia, ma capisco che è necessario. Io devo essere più attento, lui si deve sciogliere un po'. L'altra sera si è infuriato perché era la prima volta che usciva da solo, e rincasando ha trovato Zach che non aveva fatto il bagno e non si era messo il pigiama. Per punirmi, ha dormito sul divano. Secondo me esagera, ma fondamentalmente ha ragione. Però vorrei che mi accettasse come sono.

Ho dimenticato di dirti che mi hanno messo a dieta stretta. Niente frutta (tranne le banane), niente formaggio (tranne il groviera e il parmigiano), niente latte. Praticamente non posso mangiare nessuna delle cose che mi piacciono di più.

Stiamo dando un ritmo alla vita quotidiana e da questo punto di vista l'appartamento è perfetto. Stefano è un pelandrone tremendo, ma Brett è deciso a metterlo in riga. Ci manchi molto, soprattutto a me.

Un grande, grande abbraccio,

Giò

Dopo un esame attento e approfondito della cartella clinica, il medico ordinò a Giovanni una flebo di sostanze nutrienti di sei ore al giorno, dando per scontato che fosse disposto a farsi ricoverare. Noi però lo pregammo di fare in modo che gliela facesse a casa un infermiere, spiegando che io ero perfettamente in grado di sorvegliare la procedura e di smontare il tutto alla fine. Il dottore acconsentì, e da quel momento ogni pomeriggio alle sei venne da noi Armando per preparare la flebo, che assomigliava a un'enorme mammella appesa a un palo. Giovanni ed io, dopo aver pensato a lungo in quale fascia oraria collocarla, avevamo deciso che il momento meno scomodo era la prima serata. Se l'avesse fatta al mattino non avrebbe mai più potuto andare a lavorare; di pomeriggio, ci avrebbe impedito di uscire a fare una passeggiata (non sapevamo ancora che saremmo usciti insieme solo un'altra volta). Convenimmo che il momento migliore era la prima serata, visto che Giovanni raramente usciva di sera, e avrebbe potuto dormire per metà della durata della flebo.

Purtroppo per mettere insieme il necessario ci voleva circa un'ora ogni volta; quindi la flebo, per cui Armando doveva misurare e versare con cura nella mammella oltre dodici liquidi diversi, non cominciava mai il suo stillicidio prima delle sette. Quando Armando arrivava, mio figlio correva a prendere la sua valigetta da medico e uno dei suoi animali di peluche. Armando gli dava una mascherina antisettica e qualcuno dei flaconi che via via svuotava, e Zach si metteva diligentemente a imitare la procedura. Quasi sempre la flebo finiva per durare otto ore, visto che era impossibile regolarla perfettamente, cioè fare in modo che l'intero contenuto di circa otto litri finisse di gocciolare dopo sei ore esatte; la regola diceva: meglio troppo piano che troppo in fretta. Mettevo la sveglia all'una del mattino e mi alzavo sperando di poter smontare tutto subito, ma quasi sempre restava ancora del liquido. Allora rimettevo la sveglia di lì a mezz'ora, e fino alle tre o alle quattro continuavo il tortuoso processo, che mi ricordava le notti insonni di quando Zach era appena nato. Quando la flebo finalmente finiva, dovevo andare in cucina a preparare la soluzione di eparina, che andava tenuta in frigo, e risciacquare il catetere. Inoltre, due volte alla settimana Armando passava alle sei e mezzo del mattino per fare un prelievo di sangue. Il Dhpg e il Neupogen avevano sui globuli bianchi di Giovanni un effetto tipo montagne russe, per cui occorreva sorvegliarne il numero facendo un emocromo almeno due volte a settimana. Miracolosamente, durante quelle visite a ora antelucana sia Zach che Giovanni continuavano a dormire.

Quella famosa sera ero poi riuscito ad andare alla cena di Giovanna con Alex S. Fu l'unica volta che Giovanni andò a trovare Stefano in casa della madre da quando eravamo a Roma. L'appartamento era al quinto piano senza ascensore, e per gli ultimi tre piani dovetti portare Giovanni a cavalcioni. Quella fu la serata più "normale" che trascorrevamo da mesi. La conversazione fu varia e polemica, e non sfiorò neppure una volta l'argomento Aids. Al ritorno, gli S. ci dettero un passaggio; appena varcato il portone, Giovanni si trascinò su per i dodici gradini, col fiato grosso, e crollò sul letto. Dopo averlo spogliato e avergli rimboccato le coperte, andai di là a fare due chiacchiere con Manu, che aveva fatto da baby-sitter a Zach.

Manu aveva invitato Stefano e me a partecipare a due lezioni di Reiki che teneva a casa sua, nella "stanza dello yoga", un ambiente spazioso e privo di mobili, arredato semplicemente con stuoie, tappeti e cuscini sparsi. Qui, oltre allo yoga, Manu insegnava Reiki, e spronava Stefano e me a imparare quella pratica pensando che potesse essere una sorta di balsamo spirituale per il dolore annidato in ciascuno di noi, ma anche per inserire nella mia vita un elemento che, per una volta, non avesse niente a che fare con l'obbligo incessante di "organizzare". A me piaceva l'idea che Stefano esplorasse una dimensione così inconsueta per un ragazzo della sua età, ed ero contento che avessimo un'attività in comune. Partecipammo quindi, insieme ad altre otto persone, alle due lezioni introduttive. Ciascuno di noi, a turno, si sdraiò a terra circondato dagli altri nove, che cominciarono a posargli le mani sul corpo con molta delicatezza per provocare uno scambio di calore e di energia. Quella prima seduta di un'ora ebbe una lieve risonanza cosmica; al termine, il sarcasmo iniziale di Stefano era completamente svanito. Per me, la quiete e la tenera attenzione fisica riservata al mio corpo furono un autentico godimento.

Ma il corso vero e proprio costava molto e richiedeva d'impegnarsi per tutto un weekend. Non vedevo il modo di lasciare il nido per un intero fine settimana. Forse sarebbe stato possibile se Manu stessa avesse potuto occuparsi di Zach e di Giovanni, ma naturalmente era lei che insegnava. Inoltre, Stefano aveva appena abbandonato il violino per il sassofono e parlava di lezioni di equitazione: temevo che aggiungere un'altra attività che comportava disciplina fosse eccessivo. Quanto al costo, c'era una serie di acquisti banali che sembravano più urgenti: un televisore a colori, un videoregistratore e la terapia di coppia per Giovanni e me. Decidemmo che era meglio accantonare il Reiki.

Roma, 22 novembre 1991

Caro Sam,

l'altro giorno è arrivata la tua seconda lettera, come un raggio di sole in una brutta giornata. Ho avuto una colica dolorosissima, che mi ha preso come una tenaglia rovente davanti e di dietro. Hanno dovuto portarmi in ospedale perché i calmanti non facevano effetto. Temevano che avessi un'ulcera perforata. Misteriosamente, il dolore è passato e adesso sono felice. Stasera faccio il risotto coi tartufi. Non vorresti essere qui con noi?

Martedì Brett e io siamo andati a fare la nostra terapia di coppia. Lui sta cominciando ad avere ripensamenti. Comunque, tenteremo. La prima seduta è stata dedicata quasi per intero al nostro passato: i rapporti familiari e la nostra relazione. A volte mi stanco di parlare di me, come quando vado dal medico. Oggi ho visto il neurologo e ho dovuto ripetere la mia storia per la decima volta. Naturalmente con il terapeuta di coppia la cosa ha uno scopo. Però è noioso. Brett ha parlato più di me. Sono stato presentato come il cattivo della situazione. Ma...

23 novembre. Come dicevo a proposito della terapia di coppia, era soltanto la prima seduta, e la cosa è destinata a svilupparsi in direzioni ancora ignote. Probabilmente servirà. Temo però la "medicalizzazione" della nostra vita. In gran parte, è già un fatto inevitabile.

Abbiamo avuto delle noie perché l'ospedale non voleva pagare due volte il nostro valente infermiere, adesso che effettivamente lavora il doppio. Alla fine hanno escogitato una soluzione molto all'italiana: faranno finta che lui venga da noi due volte al giorno. Si spera che tra una settimana circa smetterò le flebo di sette ore, così la mia vita tornerà a essere un po' più normale. La notte mi sveglio spesso per urinare, e il resto del tempo mi agito molto, tanto che Brett ha dovuto andare a dormire in salotto. Ma siccome era venerdì sera la strada era talmente rumorosa che non è riuscito a chiudere occhio!

New York mi manca e tu pure. Però Roma è bella, e sono così contento che Stefano sia qui, anche se in fondo non è che lo veda poi molto spesso.

Un grande abbraccio,

Giò

La mega-flebo fu effettivamente abolita dopo tre settimane. Giovanni non stava peggio, ma non era neppure migliorato. Il dottore voleva farlo ricoverare. Secondo lui due emocromi a settimana non bastavano, occorreva fare molti test ed esami diversi nell'arco della giornata, il che era impossibile se Giovanni rimaneva a casa. Inoltre, lui aveva avuto la fortuna di trovargli un letto. A quel punto acconsentimmo. Fu necessario disdire il nostro secondo appuntamento con il terapeuta di coppia, ma forse fu un bene. Lui tendeva a condurre uno scavo approfondito, invitando ciascun membro della famiglia separatamente per farsi un quadro completo della situazione. Forse, in circostanze diverse, sarei stato più disponibile nei confronti di un approccio del genere, ma sapendo di avere poco tempo a disposizione ero in cerca di soluzioni più pragmatiche e superficiali. Mentre mettevo le sue cose in valigia, Giovanni mi disse: "Non dimenticare gli asciugamani, i pigiami, il sapone e la carta igienica. Qui non li danno mica. Siamo in Italia".

L'ospedale per malattie infettive Lazzaro Spallanzani è un gruppo di edifici che fa parte di un complesso di istituti ospedalieri specialistici. Un tempo dev'essere stato bello, molto verde, quasi come uno stabilimento termale. Pini romani e palme gettano la loro ombra sul colore dorato uniforme degli edifici in mattoni dai tetti di tegole, separati da ampi tratti di prato. Ma soltanto i pini sono sfuggiti alla terribile incuria che ha corroso questa cittadella fortificata dei malati.

Giovanni divideva la stanza con altri nove ammalati di Aids, di cui sette erano chiaramente degli eroinomani. Nella camera non c'era un telefono, né un televisore, né un paravento: soltanto dieci letti, dieci armadietti di metallo con serratura e qualche sedia di plastica sparsa per i visitatori. Mancava un'anticamera e nel corridoio che conduceva al reparto, sempre chiuso a chiave, non c'era neppure una panchina. L'orario delle visite era tutti i giorni dalle tre alle quattro del pomeriggio. Era ammesso soltanto un visitatore per volta. Per poter prolungare la permanenza dei visitatori occorreva un permesso speciale. Ci volle un po' di tempo per abituarsi a quel clima da "come-punire-il-malato-perché-è-malato", e i dieci giorni del ricovero di Giovanni non furono sufficienti. Dire che lo Spallanzani assomigliava a una prigione è scontato. E poi, in prigione non ci sono stato mai.

Giovanni era calmo, rilassato, tutto assorto a scrivere l'articolo per "L'Espresso" sulla sua vita con l'Aids, l'unico da che era tornato a Roma. Quando il direttore gliel'aveva proposto, Giovanni aveva detto che doveva pensarci. Ne avevamo parlato per alcune settimane, discutendo delle conseguenze che avrebbe potuto avere per Stefano e per Zach e di cosa avrebbe significato per Giovanni uscire allo scoperto, consegnare alla carta la sua malattia. Lui era indeciso. Tutti eravamo indecisi. Per una volta mi sforzai di essere reticente, convinto com'ero che la decisione spettasse a lui solo. Quando era stato ricoverato in ospedale, Giovanni aveva avuto il sospetto che la sua strategia di "non dar spazio" alla malattia avesse smesso di funzionare. Era dunque il momento giusto. Scrisse tutto l'articolo durante il suo ricovero allo Spallanzani; poi lo perse. Quando arrivammo a casa dall'ospedale e io disfeci le valigie, non si trovava più. Dovemmo tornare in ospedale, ricontrollare l'armadietto, i bidoni della spazzatura, la stanza delle infermiere. Niente da fare. Giovanni disse che forse l'aveva inconsciamente gettato via al momento di lasciare l'ospedale: sentendo rifiorire la speranza, aveva rimesso in opera la vecchia strategia. Forse, dopotutto, non era ancora pronto.

Roma, 5 dicembre 1991

Caro Sam,

ti scrivo dall'ospedale, dove mi hanno spedito ieri per "tenermi sotto controllo". Però non ho capito bene di che controllo parlano. Ma se non sanno neppure che mi debbono nutrire con le flebo! Arrivano i dottori, pomposi e solenni, leggono la mia cartella, indicando col dito qualcosa di assolutamente ovvio, poi se ne vanno.

Devo dirti che mi sento alquanto scoraggiato. Mi sembra di essere tornato al punto in cui mi trovavo a settembre. Sono dimagrito, la diarrea è diventata esplosiva e molto più frequente. Pare che non riesca a uscire da questo stato. La mia speranza è sempre più la Svizzera. Avevo intenzione di andare a trovare mia nonna oggi e domani, di portare Stefano a vedere Marcel Marceau domenica, e di andare al concerto di Manu il 16. Il direttore mi ha chiesto di scrivere la mia storia: sono indeciso. Non ho ancora consultato Giovanna. Brett non si pronuncia. Comunque ho già cominciato a scrivere perché mi fa bene. Ma sono talmente contratto che quasi non sento nulla! Ho anche provato a fare qualche battuta di cattivo gusto; ad esempio, parlando di Fire Island, dico che c'ero andato pur sapendo quant'era cara, visto che sarebbe stata l'Ultima Estate, e poi dico: "Quest'altr'anno andiamo ad Atlantic City!"

E tu, e Jimmy Jimmizino? Non mi dici niente! Ti prego, venite. Sarebbe un raggio di sole nell'Inverno Romano di Mr Forti.

Love, G.

13.

Natale si avvicinava. Per Giovanni l'osservanza delle festività ebraiche era un fatto inedito, uno strappo alle tradizioni della sua famiglia, abituata a festeggiare il Natale nelle sue manifestazioni commerciali, anche se la madre, il padre e la sorella minore erano buddisti praticanti. Quanto a me, prima di allora non avevo mai festeggiato il Natale, con tutto quel profluvio di regali e il relativo strascico di carta sgualcita. Adesso però lo attendevo con impazienza perché prometteva riunioni di famiglia e allegria, soprattutto visto che a *Hanukkà*[1] Zach e io avevamo dovuto accendere la *menorà* e scambiarci regali senza Giovanni, che aveva passato sette degli otto giorni in ospedale.

Per Natale regalammo a Stefano un calotes, che tenevamo in una teca di vetro in salotto. Lui veramente voleva un camaleonte, ma dopo aver telefonato a dozzine di negozi di animali in tutta Roma ero giunto alla conclusione che i camaleonti in Italia non esistevano, oppure erano bravissimi a nascondersi. Poi mi avevano detto che il calotes assomigliava al camaleonte, meno lo spettacolare mimetismo del colore. Del resto, la mia impressione era che a Stefano interessasse soprattutto l'aspetto rettilesco della bestia, la sua capacità di incutere terrore o repulsione ai suoi amici.

Stefano stava trascorrendo le vacanze di Natale a Cenci, nei pressi di Amelia, dove abitava il padre del suo migliore amico. Dopo un iniziale rifiuto, Giovanni cedette alle mie insistenze e anche noi andammo a passare qualche giorno a Cenci.

[1] Il Capodanno ebraico, che cade in genere fra novembre e dicembre. Ogni giorno, nel tradizionale candelabro si accende un numero crescente di candele [*N.d.T.*].

Era restio a causa del freddo e anche del gran numero di persone che tradizionalmente vi si riuniva durante le feste: non se la sentiva di farsi le flebo davanti a quella folla.

Cenci è un casale ristrutturato e molto spazioso, organizzato un po' come un accampamento (e infatti lo diventa ogni estate per due settimane); le stanze hanno tutte almeno cinque letti e per entrare in una occorre attraversarne un'altra. Franco, il proprietario, ci assegnò una camera in fondo alla casa, separata dagli altri locali da un'ex stalla in procinto di venir trasformata in palestra. Era un po' come abitare in un appartamento indipendente, con un bagno, alcune stufe, un fornello elettrico per fare il caffè e un grande soppalco. Fu la presenza di queste comodità a convincere Giovanni.

Il weekend di Natale fu una replica perfetta di quello trascorso a Porvietoli: Giovanni si installò accanto al caminetto, allegro, animato, pieno di gratitudine, e aveva sempre freddo, era sempre stanco, faceva sempre fatica. Ancora una volta, sulla via del ritorno dovetti promettergli che non saremmo più tornati a Cenci prima dell'arrivo della bella stagione.

La nostra seconda e ultima passeggiata per Roma ebbe luogo alla Befana. Giovanni voleva portare Zach e me a piazza Navona. Qui ogni anno si svolge una fiera che ricorda un po' le feste dei santi patroni di Little Italy o del Greenwich Village: l'odore di olio per friggere, le bancarelle adorne di festoni di animali di peluche, il cielo oscurato da migliaia di palloncini, il selciato che sembra sprofondare per la calca. Ero preoccupato per la distanza da percorrere con la sedia a rotelle – piazza Navona era cinque volte più distante da casa nostra dell'Isola Tiberina – e per l'effetto che avrebbe avuto sulle mie mani; ma la gioia di vedere che Giovanni avesse tanta voglia di andare mi convinse che quell'uscita valeva tutte le vesciche e i muscoli indolenziti che mi avrebbe provocato. Via via che procedevamo lungo il nostro itinerario, apparve chiaro che la maggioranza dei pedoni era diretta verso la nostra stessa meta. La folla si faceva sempre più fitta, e quando arrivammo alla stretta viuzza che immette nella piazza, la congestione era tale da non potersi muovere. Giovanni era ormai alla disperazione e non si sforzava neppure di nasconderlo. Negli ultimi mesi era diventato sempre meno capace di affrontare più di tre o quattro persone alla volta, e quella calca era troppo per lui. "Non ce la faccio a continuare," disse.

Appena entrati in piazza, parcheggiai quindi la carrozzella su un lato della fontana e mi allontanai portando Zach sulle spalle. Dopo circa mezz'ora, Zach, io e un enorme pallone a forma di Topolino ci accingemmo a tornare indietro. Il mio sguardo individuò Giovanni da cento metri. In mezzo a un frastuono che si sentiva nel raggio di diversi isolati, dormiva tutto piegato in avanti nella sua carrozzella. Prima di avvicinarmi lo studiai per qualche minuto cercando di oggettivarlo. L'unica cosa visibile di lui era il viso, pallido e tirato, svuotato di colore, di vita. Le sopracciglia e i baffi, un tempo folti e scuri, erano ormai radi, opachi, privi di lucentezza. Prima ancora di notare che aveva gli occhi chiusi, notai le occhiaie infossate. I contorni del tronco erano nascosti dallo spesso piumino e dalla sciarpa di lana (quel giorno c'erano forse 13 gradi), ma il suo corpo era tutto incurvato, come se si sforzasse di ripiegarsi su se stesso. Da quel fagotto di vestiti spuntava un paio di gambe talmente magre da apparire sproporzionate; le teneva chiuse strettamente, contratte. Continuai a fissarlo finché mi apparve come un completo estraneo. E come estraneo non sembrava più malato, solo vecchio. Molto, molto vecchio.

Un'amica di Manu, che andava in vacanza dopo Natale, cercava qualcuno che si occupasse del suo cagnolino. Visto che l'asilo restava chiuso per due settimane, mi offrii di ospitarlo, pensando che a Zach avrebbe fatto piacere giocarci. La nostra gatta, Moats, non gradì affatto la novità, e accondiscese generosamente a mantenere le distanze solo quando vide che il povero cucciolo si faceva piccolo piccolo per la paura.

Avevo spiegato a Zach, e glielo ripetei più volte nel corso delle due settimane, che il cucciolo era un ospite temporaneo e che alla fine delle vacanze sarebbe tornato a casa sua. Tre sere prima che la padrona si riprendesse il cane, il calotes morì. Due sere prima, morì Moats. La povera gatta era rimasta nascosta per tutta la giornata sotto la credenza; quando mi accorsi che il piatto di melone che le avevo messo davanti era ancora lì, capii subito che qualcosa non andava. La tirai fuori da sotto il mobile e, dopo averla messa in piedi, la tastai: nel giro di pochi giorni si era ridotta pelle e ossa. Fece qualche passo a fatica e crollò su un fianco. Dopo aver messo a letto Zach, rimasi sveglio fino all'una del mattino per tenere compagnia a Moats, accarezzandola. Sapevo che non sarebbe durata fino all'indomani. Preparai la scatola dove l'avrei messa dopo e me ne andai a letto, non prima di aver puntato la sveglia alle quattro. Quando questa suonò, tornai nel tinello. Moats era morta. La sistemai nella scatola, che misi sul terrazzo per evitare che Zach la vedesse. La mattina dopo, Manu e io la portammo al canile municipale.

Povero Zach, adesso sì che avevo un bel po' di cose da spiegargli. Cominciai dal calotes, e quando venne il turno di Moats le mie spiegazioni si fecero ancor più raffinate. Una specie di prova generale.

Finalmente, alla fine di gennaio, dopo circa una settimana da quando Giovanni era riuscito a far visita a sua nonna a Firenze, arrivarono dagli Stati Uniti Sam e Jimmy. Per entrambe le visite Giovanni aveva insistito con tenacia inconsueta. Chiaramente facevano parte di una lista di desideri inespressi intitolata "Cose da fare prima di morire": sposarsi, tornare a Roma, ristabilire legami stretti con genitori, fratelli e sorelle, passare un po' di tempo con la nonna, invitare ancora una volta Sam in Italia, visitare Israele. Dietro le insistenze di Giovanni, dunque, Sam e Jimmy vennero a stare da noi. Proprio qualche giorno prima arrivarono i mobili che avevamo fatto spedire dagli Stati Uniti, e dopo quarantott'ore di spacchettamento quasi ininterrotto – cui Giovanni contribuì sistemando mezzo scatolone di libri, dopodiché fu costretto a sdraiarsi – l'appartamento assunse finalmente l'aspetto di una vera casa. Ma Sam e Jimmy erano da noi da appena due giorni quando Giovanni mi disse che sentiva il bisogno di riportare la situazione allo stretto indispensabile per vivere: la mia presenza premurosa e il baccano di sottofondo prodotto da Zach e Stefano. Che Giovanni chiedesse a Sam di andare a stare altrove fu ai miei occhi l'ammissione più eloquente che stava arrendendosi.

Così Sam e Jimmy si trasferirono; andavano in giro per Roma tutto il giorno e ogni pomeriggio venivano da noi un paio d'ore per tenere compagnia a Giovanni. In una di quelle occasioni, Giovanni ci lesse ad alta voce l'articolo che aveva scritto e riscritto per "L'Espresso", e che io avevo frettolosamente tradotto in inglese.

La mia vita con l'Aids

Nell'estate del 1991 affittai una casa al mare, a Fire Island, non lontano da New York. Si tratta di una striscia di sabbia, lunga e stretta, dove le automobili non sono ammesse. Trovammo una casa piuttosto eccentrica, tutta di legno con scalette, corridoi, nicchie, stanze dalla forma inusuale, ripiena di soprammobili. Aveva anche una terrazza dove potemmo mettere una piscinetta di plastica per i bimbi. Oltre a me e al mio compagno Brett c'erano infatti Stefano, 12 anni, e Zachary, 3. Il costo era proibitivo (due miei stipendi) ma ne valeva la pena. Tutti, del resto, pensavamo che sarebbe stata la mia ultima estate. La diarrea aumentava, il peso diminuiva, fino a 42 chili. Comunque ero sempre in grado di gioire della nostra famigliola e degli amici che venivano in visita. Andavo sulla spiaggia per un'ora o due, sotto l'ombrellone, avvolto in asciugamani. Guardavo Stefano giocare, come un giovane cervo, con Brett e con il mio amico Sam. È stata una bellissima estate.

Sono stato diagnosticato sieropositivo nell'aprile del 1987 anche se ritengo di essermi contagiato nell'estate del 1981 durante una settimana di sfrenatezza nelle saune di San Francisco. Dopo la diagnosi non feci assolutamente niente. Ma quando i miei linfociti T4 cominciarono a scendere i medici suggerirono che cominciassi una terapia a base di Azt, una medicina tossica ma che allora era l'unica che ostacolasse la replicazione del virus. Da quel momento la mia vita è stata scandita, ogni 4 ore, da un suono insistente: la mia scatolina portapillole, che poi con gli anni si è riempita di farmaci diversi fino a contenere anche dieci compresse. All'inizio facevo salti mortali perché non suonasse in pubblico, poi mi sono rilassato. A New York avere "la scatolina" equivale ad ammettere di avere l'Aids. La sindrome è onnipresente. Se uno vuole ossessionarsi non c'è che l'imbarazzo della scelta.

Aprivo il "New York Times" alla pagina dei necrologi (cosa che mi sembrava così buffa quando la faceva mia nonna con "La Nazione") e ne trovavo sempre un paio. Anche quelli che sembrano eterni, che durano quattro anni, sei anni, che si battono come leoni sconfiggendo le infezioni opportunistiche, con terapie di tutti i tipi o solo con la meditazione trascendentale e l'omeopatia, alla fine muoiono. C'è un senso di inevitabilità.

Le organizzazioni per l'assistenza ai malati crescevano a dismisura, con bilanci milionari. C'erano sovente feste e iniziative per raccogliere fondi. Io ci andavo con il mio boyfriend di allora, James Revson, un giornalista mondano rampollo di una famiglia dell'aristocrazia ebraica. Spinto da lui comprai il mio primo smoking e entrai in contatto con una società newyorchese che mi sarebbe servita per i miei articoli. James aveva il sarcoma di Kaposi, un cancro della pelle che si manifesta con lesioni purpuree. Era sempre stanco, faceva riposini, e prendeva un taxi anche per coprire la distanza di cinquecento metri. Questo mi innervosiva, e lo maltrattavo.

La nemesi sarebbe arrivata anche troppo presto. Cercavo di evitare di dover scrivere articoli sull'omosessualità e sull'Aids, sempre più strettamente collegati nell'immaginario collettivo, ma a volte naturalmente non potevo. Pubblicai così un'ampia inchiesta sugli scrittori americani e l'Aids. Quasi tutti coloro che intervistai allora sono morti. Uno di loro,

Alain Emmanuel Dreuilhe, viveva in un loft tenuto in ombra e quando lo incontrai era sdraiato a letto, con una fleboclisi che gli si inseriva in un catetere innestato nel corpo. La trovai una cosa mostruosa.

Malgrado tutto, questo clima funebre non mi possedeva, almeno non consciamente. Mi divertivo, viaggiavo, badavo a mio figlio, lavoravo. Il lavoro mi consentiva di conoscere cose e persone che altrimenti sarebbero state al di là della mia portata. Il virus lentamente si faceva strada nel mio corpo, e la prova era nel numero di linfociti T4, costantemente in calo. Mi fecero passare una notte in ospedale per un esame, doloroso, al midollo spinale. A sera entrò nella mia stanza un prete massiccio, che si fermò a scambiare qualche parola. Quando andò via lasciò il suo biglietto da visita: John Cardinal O'Connor. Pensai di avere sognato ma le infermiere mi confermarono che l'arcireazionario primate di New York veniva spesso in visita nei reparti dell'Aids.

I medici decisero di aggiungermi nuovi farmaci. Io ero passato dall'ospedale St. Clare's e da una dottoressa di Brooklyn, brusca e ambiziosa, al St. Luke's Roosevelt, con un medico tondo e biondo, tutto pacioso. Anche troppo. Dovevo adesso pagare le visite, ma una parte della spesa mi veniva rimborsata dall'ente di assistenza dei giornalisti. Avevo scelto di non rivelare a nessuno la mia condizione, tranne che al mio amico Sam e a mia sorella. Ma un'estate mia madre lesse il mio diario e lentamente la notizia filtrò. Del resto sarebbe stato presto impossibile nasconderla.

Nel giugno 1990 avevo incontrato Brett e suo figlio adottivo Zach. Vivevano a Brooklyn, in una casetta di un quartiere caraibico vicino a un grande parco, ma quasi subito si trasferirono da me al Village. L'estate del 1990 la passai in Vermont, in una casa nel bosco, con Stefano, Sam, mia sorella e un'amica. Rivado con rimpianto a quelle passeggiate, a piedi o in bicicletta. Oggi non ne sarei più capace e per passeggiate lunghe devo andare in sedia a rotelle. Fu uno dei periodi più felici della mia vita. Imparavo a conoscere Brett e il bambino, tra i quali c'era un rapporto talmente stretto e intenso che era difficile inserirvisi. Stefano era tornato in Italia e mi mancava molto, ma la sua assenza era in qualche modo compensata. Brett si prendeva molta cura di me e io mi godevo il calore familiare quasi dimenticato.

In novembre, dopo una settimana di visita in Italia, andammo quasi immediatamente in California per la festa del Ringraziamento. Lì ebbi il primo crollo, che attribuii al doppio fuso orario. Dormii quasi sempre e iniziò la diarrea. Le amiche

che ci ospitavano non sapevano ch'io fossi sieropositivo, e rimasero sconvolte.

Nel giugno 1991 ci sposammo in una piccola sinagoga e per una serie di circostanze l'avvenimento privato finì con l'essere annunciato in tv. Vennero i nostri genitori, i miei dall'Italia, i suoi da Philadelphia, e tutti i nostri amici. La cerimonia fu tradizionale, con la *huppà,* il baldacchino sostenuto dai nostri più cari amici, e i bicchieri rotti sotto i piedi. Ma già durante il ricevimento, che si teneva nel nostro appartamento, dovetti andare in camera da letto a riposare e di nuovo la sera, per la nostra "microluna di miele" (gli amici ci avevano pagato una notte all'elegante Hotel Carlyle) appena arrivati alle sette dovetti dormire per due ore.

Ero anche un po' rattristato dalla rinuncia ai nostri progetti di adozione. Avevamo fatto domanda per una bambina e io ero così lieto che sarebbe stata figlia di tutti e due, e pensavo che ci avrebbe unito ancora di più. Per Zach poi sarebbe stato bellissimo avere una sorellina. Ma con la mia salute che cominciava a deteriorarsi Brett mi convinse che non era il caso. Vi erano altri motivi di tristezza. Venni a sapere dal giornale che era morto James Revson. Fu uno shock: gli amici comuni non mi avevano detto niente sulle sue condizioni, anche perché lui aveva chiesto che io non andassi a trovarlo in ospedale né partecipassi al funerale. Tanto rancore mi addolorava ma forse c'era qualche buona ragione. Più o meno nello stesso periodo morì anche l'ex compagno di Brett.

Le cose non si mettevano felicemente. Già da novembre non stavo bene. Era cominciata la diarrea, accompagnata da febbre. In agosto, a Fire Island, le febbri divennero altissime e la diarrea di tipo esplosivo, spesso sporcavo tutta la tazza e anche il pavimento. A volte la facevo nelle mutande. Mi indebolivo e dimagrivo a vista d'occhio. Alla fine del mese sembravo quasi un superstite di un campo di concentramento. È allora che le mie notti cominciarono a essere tormentate, con risvegli ogni poco per fare pipì. Mi rendo conto che questi sono particolari poco attraenti, ma anche di questo è stata fatta la mia vita in questi mesi. Cominciavo a essere spesso stanco e non potevo stare a lungo sulla spiaggia né contribuire all'andamento familiare. Per Brett, purtroppo, la vacanza a Fire Island si rivelò faticosa, anche perché due giorni alla settimana andava a New York a lavorare.

Non permettevo ai pensieri morbosi di dominarmi ma credevo di sapere cosa stava succedendo. Decisi di parlare a Stefano che era venuto dall'Italia per passare il mese di vacanze con noi, ma a quanto pare ci fu qualche intoppo nella conversazione perché io non pronunciai la parola Aids e lui non capì affatto che tutti i miei discorsi sull'infezione portavano a questo. Finalmente fu necessario che Brett gli parlasse chiaramente perché lui afferrasse la portata di quel che stava succedendo.

Molto allarmato, ai primi di settembre Brett insistette per farmi ricoverare in ospedale. All'inizio ero orripilato, ma poi quasi sollevato all'idea che ci fosse qualcuno che si prendeva cura di me ventiquattro ore su ventiquattro. Il mio compagno di stanza, da me separato solo da una tendina di plastica, era un tossicodipendente ispanico di nome Manuel. Una coabitazione difficile. Manuel smaniava molto. La notte chiamava l'infermiera. "Voglio una coperta!" Così per sette volte di seguito, una notte, finché esaurirono le coperte di scorta. Chiedeva antidolorifici sempre più forti. "Ma lasciagli il tempo di fare effetto," protestavano le povere infermiere; "l'hai presa appena 40 minuti fa." Teneva la tv ad alto volume e da sveglio saltellava tra i canali; spesso, però, sonnecchiava, sempre naturalmente con la tv accesa. Perfino quando c'era la sua intera chiassosa famiglia a visitarlo lo schermo blaterava.

Quasi subito, con una piccola operazione, mi inserirono il catetere nella pancia, con un tubicino di plastica che va su fino al collo. Un ordigno semplice ma che cambiò il modo in cui guardo al mio corpo. Mi sento l'uomo bionico. Questa protuberanza fa sì che io non possa più nascondere la mia situazione diventata visibile, quasi come un nero la cui diversità è evidente, e non come un gay che può nascondersi se lo vuole. Brett veniva tutti i giorni e credo che per lui tutto sommato sia stato anche un periodo di riposo.

All'inizio non volevo vedere nessuno, poi ricevetti alcune visite. Ero come sempre di buon umore ma mi stancavo molto facilmente. Chiesi il trasferimento in un'altra stanza ma Manuel mi colse d'anticipo e decise di farsi dimettere, contro il parere di tutti i medici. Speravo che il nuovo compagno di stanza sarebbe stato qualcuno con cui poter parlare di argomenti in comune; invece venne un negro di una certa età, con pochi denti, molto quieto. Ero imbarazzato dalla scoperta del razzismo in me, ma sembrava difficile combatterlo nella mia situazione.

Ero sempre attaccato alla fleboclisi, ventiquattro ore su ventiquattro, una specie di mammella nutriente che non si sottraeva mai. Quando fui dimesso venivano a casa delle infermiere, che poi insegnarono a Brett il quale diventò un paramedico provetto. Ogni pochi giorni si cambiava l'ago perché non si infettasse e se ne infilava uno nuovo.

In questa situazione molti pensavano fosse assurdo per me e Brett persistere nell'idea del trasloco a Roma. A quel punto usavo circa quaranta tra pillole e accessori vari (aghi, tubi, boccette di cloruro di sodio, ecc.) piuttosto complicati da portare con noi (temevamo anche la dogana). Ma c'erano vari motivi per non rinviarlo, di cui il principale era che già da un anno ero separato da Stefano e volevo riunirmi a lui. Per di più non ero in grado di lavorare ed era più grave che fosse in queste condizioni un corrispondente che un redattore senza attribuzioni specifiche. La compagnia di traslochi impacchettava tutto per noi e così non c'era molto disagio. Brett, come sempre, dispiegò una prodigiosa energia. Un caro amico dette un party d'addio per noi – più di cinque anni di vita. Naturalmente ci furono i soliti intoppi: persone carissime che non erano potute venire e sconosciuti che risultarono l'anima della festa. Poi partimmo.

A dire la verità non avevo una gran voglia di tornare in Italia e soprattutto avrei molto desiderato restare a New York, ma in genere non guardo mai indietro. A Roma ci aspettava, quasi pronto, un appartamento trovato da mia madre a Trastevere, arredato molto tradizionalmente e con una terrazza. Sembra paradossale che proprio mentre io mi restringo psicologicamente sempre di più e devo ridurre drasticamente le attività che mi sono concesse, attorno a me si estenda la casa più grande che abbia mai avuto. È bello avere accanto, a poche centinaia di metri, mia madre e mia sorella. Da una siesta al giorno sono passato a due: una la mattina, durante o dopo la fleboclisi, e una il pomeriggio subito dopo mangiato. La sera verso le otto e mezzo vado a letto. Sono orari che non favoriscono un'intensa vita sociale e culturale.

Tutto è peggiorato quando i medici italiani mi diedero una fleboclisi nutriente di sette ore al giorno. Allo stesso tempo una dieta rigida: niente latticini, verdura o frutta, con poche eccezioni. Del resto la situazione si stava di nuovo deteriorando come in settembre. In novembre il dottor Sette, mio medico curante allo Spallanzani, decise di farmi ricoverare. Era un grande stanzone, i pazienti quasi tutti tossici, ma quieti, gli infermieri gentili e pronti. I medici, come poi si è rivelato, bravi ma pomposi. Arrivavano ogni mattina ai piedi del mio letto e leggevano la mia cartella clinica. Io non capivo: non avrebbero potuto farlo nel loro ufficio? "Questo giovane non riesce a mangiare," proclamava uno. "Io veramente mangio benissimo." "Ah sì?" rispondeva lui stupito. Chissà come si era formata quell'idea. Fatto sta che qualcosa di giusto devono averlo imbroccato perché ho continuato a migliorare impercettibilmente, almeno come peso corporeo e frequenza della diarrea.

Essere in ospedale mi ha obbligato a confrontarmi con la morte. Se non mi piace parlare di Aids in generale, per me la morte è sempre stata l'estremo tabù. Ma ora è inevitabile. Ho fatto testamento, per esempio. Ho anche lasciato scritto che non voglio si pratichi su di me l'"accanimento terapeutico". Ma è una cosa alla quale ancora non riesco a credere. Io potrei non esserci più? Certo, come uomini stiamo tutti andando verso la morte, ma io vi sono qualche passo più vicino. L'unica cosa, per non tormentarsi, è riconciliarsi con questa idea, mentalmente chiedere perdono e perdonare, e sperare che qualcosa resti.

Scrivo il grosso di queste righe in ospedale. Di fronte alla mia finestra vi sono due pini romani. Li guardo all'alba e al tramonto e il mio cuore si riempie di gioia. Sono, come sempre, ottimista.

Durante la lettura spiai di continuo la faccia di Stefano per scorgervi qualche segno di attività emotiva, ma Stefano aveva ereditato dal padre il dono dell'imperturbabilità. Tutti ci chiedevamo se dentro di lui qualcosa – e che cosa – stesse scavando.

Il giorno del compleanno di Giovanni, Sam e Jimmy sarebbero stati ancora a Roma. Tuttavia, quando gli chiesi che cosa voleva fare per la sua festa, Giovanni mi rispose: "Voglio andare a cena fuori con te, in un ristorante tranquillo con le tovaglie di lino e le candele sui tavoli". Il difficile era trovare nel quartiere un ristorante che aprisse alle sette e mezzo, in modo da poter essere di ritorno a casa per l'ora in cui Giovanni normalmente andava a letto. Dopo un giro di telefonate, ne scovai uno il cui capocameriere promise che ci avrebbe fatto cenare alle sette e mezzo. Quando arrivammo, la persona che ci accolse non ci fece entrare, sostenendo che di tutta quella storia non ne sapeva niente. Passammo la mezz'ora seguente a percorrere con la sedia a rotelle le strade di Trastevere, piene di buche, in cerca di un ristorante disposto a fare uno strappo alla tradizionale apertura delle otto e mezzo. Ero tentato di rinunciare e tornare a casa, ma non potevo, perché Sam e io avevamo organizzato un party a sorpresa per Giovanni. Avevamo invitato tutti quelli che Giovanni conosceva a Roma, con l'avvertenza che dovevano arrivare puntualmente alle otto e mezzo e andarsene dopo non più di un'ora.

Finalmente trovammo un posto aperto: durante la cena, che fu meravigliosamente romantica, rifiutai di farmi impressionare dalla stanchezza spaventosa che Giovanni aveva stampata in faccia. Quando tornammo a casa ed entrammo nel tinello, tutti saltarono fuori dalla cucina e Stefano accese i fuochi d'artificio sul terrazzo, illuminando un gigantesco "Happy Birthday Giovanni" scritto sul muro con la bomboletta spray. Lui divenne malinconico all'istante. Era l'ennesima "ultima volta", e lo sapeva.

Sam e Jimmy partirono il 10 e per due giorni si persero la festa di compleanno di Manu. Per consentire a Giovanni di prendervi parte, Manu aveva organizzato una cena alle sette e mezzo al ristorante cinese dietro l'angolo. Quando Giovanni, Zach e io arrivammo, c'erano già venti persone circa. Sapevo che ci sarebbe voluta per lo meno un'ora prima che tutti si sedessero e cominciassero a sfogliare il menù. Chiamai la cameriera e ordinai la cena per noi tre. Alle otto, Giovanni come al solito diede segni di aver bisogno d'andare a letto immediatamente. La sua faccia era un capolavoro di annullamento del colore; era come se qualcuno avesse appena spento una luce. Andammo via prima ancora che gli altri ordinassero. Fu la sua ultima uscita in pubblico.

febbraio 1992

Per Brett

La gente viene a trovarmi. Sono come un idolo; aspetto. Non chiedo molto: un po' di conversazione, un po' di cibo, un po' di medicine. Non mi muovo. Come ogni idolo che si rispetti, sto. Temo il giorno che un novello Abramo verrà a infrangere gli idoli. Quindi cerco di non attirare l'attenzione. Non faccio miracoli. Niente lampi nel cielo. Non esigo sacrifici, non chiedo doni (però sono contentissimo quando me li portano). Tutto sommato, sono un idolo molto discreto.

Anche tu sei un idolo, ma, al contrario di me, tempestoso. La tua furia è tremenda ed esplode sempre più spesso. Sul piano materiale neanche tu sei molto esigente. Sei un idolo molto rapido: quando passi per una stanza tutto è in ordine, e quando passi per una cucina c'è subito pronto un pasto di molte portate. Tu fai miracoli. D'altro canto, una cosa la esigi: l'attenzione. Quando non ricevi l'attenzione di cui hai bisogno ti arrabbi moltissimo. Allora io cerco di farmi piccino piccino, di diventare invisibile, senza capire che forse questo ti farà adirare ancora di più. Tu a volte ricorri alla minaccia di lasciarmi e io mi sento schiacciato, inesistente. Forse sei proprio tu, quello che viene a infrangere gli idoli.

14.

Una mattina, ai primi di febbraio, mentre vuotavo lo zaino – la mia soffitta portatile – trovai per caso la lettera con cui Giovanni aveva risposto alla mia inserzione sul giornale. La lettera si apriva con questa frase: "Certo che so cambiare un pannolino!" Mi venne un'idea, anche se ben lontana da ciò che intendeva Giovanni quando aveva scritto quelle parole. Andai in camera da letto; era sveglio ma non se la sentiva di alzarsi. Gli dissi: "Che ne diresti di usare un pannolino?" Mi guardò come si guarda un pazzo. Proseguii: "Le scariche di diarrea arrivano senza preavviso, e tu hai sempre quel minimo d'ansia fissa, perché non sai quando succederà e se farai in tempo ad andare in bagno. E devi ammettere che molto spesso non ci riesci". Giovanni acconsentì a portare il pannolino di notte, e nel caso che dovesse uscire anche di giorno. Già prima aveva usato per circa un mese certe foderine che assomigliavano a solette per le scarpe per proteggere le mutande: servivano ad assorbire l'occasionale rivoletto di urina color ambra che gli sfuggiva diverse volte al giorno senza che se ne rendesse conto. Una delle pochissime cose in grado di mandare in bestia Giovanni era farsela addosso. Gli sembrava una cosa umiliante, che lo spogliava della sua dignità; inoltre detestava dovermi chiedere di pulirlo, visto che lui non era abbastanza saldo sulle gambe.

"L'Espresso" pubblicò l'articolo di Giovanni il 16 febbraio, e il giorno dopo lui fu colpito da una forte laringite. Il giornale gli aveva dedicato la copertina del numero, e adesso il primo piano della sua faccia spiccava sopra le parole "Diario di un malato di Aids" in una di quelle locandine con foto che vengono affisse in tutte le edicole della città e persino sui pali della luce. Il telefono non smetteva di squillare e la cassetta della posta traboccava di lettere, telegrammi e pacchetti.

Qualche giorno dopo gli proposero di farsi intervistare in televisione. Fu inquietante: magro come uno spettro, con una voce stridula e rauca che si sentiva appena e almeno un'ottava più acuta del normale, un'espressione di dolore e di rimorso che partiva da dentro e gli affiorava sul viso, Giovanni parlò non con forza ma con una sorta di umile rassegnazione. Era chiaro e diretto come sempre, ma a volte dava l'impressione di non riuscire a credere che la persona di cui stava parlando – colui che si preparava a morire lasciando due figli piccoli, un compagno e un mondo di cui non aveva fatto a tempo ad assaporare tutte le meraviglie – non fosse un estraneo. Ormai, Giovanni era dall'altra parte.

L'intervista fu seguita quasi immediatamente da un brusco peggioramento del suo stato. La tossetta che accompagnava la laringite si fece più ostinata e piena di muco; le febbri e le scariche raggiunsero la massima intensità e il suo livello di energia toccò il minimo. Poi cominciarono i brividi. Due o tre volte al giorno, la temperatura corporea di Giovanni balzava nel giro di un'ora, un'ora e mezzo, da 35,5 (cioè meno della norma) a 40, e intanto tutto il suo corpo veniva scosso da brividi fortissimi. Io saltavo sul letto, gli poggiavo la testa fra le mie gambe incrociate e massaggiandolo cercavo di sciogliere il suo corpo irrigidito, mentre lui mi si attaccava, mi stringeva, mi mordeva nello sforzo di espellere quel dolore formidabile. Piangeva, urlava "non ne posso più"; e quando quel martirio terminava, le lenzuola erano zuppe di sudore, urina e feci. Quegli attacchi lo svuotavano completamente, lasciandolo privo di vita. Ormai non tentava nemmeno di arrivare in bagno in tempo, e per fargli cambiare aria dovevo portarlo in braccio fino al divano del salotto. Non riusciva più a farsi sentire. Facevo in modo che avesse sempre un campanello vicino, per segnalare se aveva bisogno di qualcosa. Lo suonava ogni quarto d'ora, per chiedere che gli cambiassi il pannolino o gli portassi un bicchier d'acqua.

Quegli attacchi lasciavano anche me completamente esausto. Ogni volta, fra i brividi, il cambio di lenzuola e pannolino e la pulizia di Giovanni, passavano quasi tre ore. Se l'attacco capitava nelle prime ore della giornata, quando era finito era ormai quasi mezzogiorno e lui non aveva ancora fatto la flebo né preso le medicine del mattino. Quanto a me, ero in un tale stato di agitazione che non ricordavo nemmeno più che compresse dovevo dargli. A quel punto dovetti farmi una tabella.

	Sveglia	Pranzo	Ore 16	Cena	Letto
Diflucan	x	(ogni 2 gg.)			
Lederfolin	x				x
Myambutol	x	x			x
Bactrim	x				
Humatin	2x	2x		2x	2x
Ferrograd	x				x
Cladersol	x	x		x	x
Ciproxin	x		x		x
Lyseen	x				x
Rifadin					2x
Tachipirina	x		x		x
Dalmadorm					x
Imodium	x		x		x
Cortigen B	x				

Finalmente smisi di voler fare tutto io. Giovanni non poteva rimanere solo neppure un minuto e io non potevo restare solo con Giovanni quando Zach era in casa, nell'eventualità che Giovanni avesse un attacco. Allora chiamai Silvia e Manu e organizzammo dei turni. Silvia sarebbe venuta ogni mattina dalle undici all'una in modo che io potessi fare la spesa e le commissioni, o alternativamente sarebbe uscita lei e io sarei rimasto con Giovanni. Manu sarebbe venuta ogni pomeriggio alle cinque, ora in cui io tornavo da scuola con Zach, e sarebbe rimasta fino a quando mettevo mio figlio a letto.

Alla fine del secondo giorno di brividi, telefonai al nostro nuovo medico, Ciccio, che avevamo trovato tramite gli assistenti sociali quando l'ospedale ci aveva fatto sapere che non poteva più mandarci Armando. Ciccio mi aveva dato il numero del suo cercapersone da usare in caso di emergenza. "La prossima volta che Giovanni ha i brividi, chiamami," aveva detto, "verrò subito a fargli un prelievo." Sebbene più giovane di noi, Ciccio era degno di venerazione per la sua competenza e le sofferenze cui aveva assistito. Passava spesso, anche solo per avere notizie; la sua dedizione e le sue premure davano l'impressione che avesse a cuore le condizioni di Giovanni come se fosse un fatto personale.

Il terzo giorno di brividi Ciccio arrivò nel bel mezzo dell'attacco e fece il suo prelievo. Dopo qualche ora tornò con la notizia che Giovanni aveva la setticemia, cioè un avvelenamento del sangue, e doveva essere subito ricoverato. Il taxi non era ancora arrivato che la valigia di Giovanni era già pronta; non stetti neppure a cambiargli il pigiama.

23 febbraio 1992

Carissimo Sam,

la tua visita è stata una gioia per me. Quanto mi manchi! Sono in ospedale ma c'è qualche speranza.

Love love love,

Giò

Oltre alle flebo di Dhpg e di sostanze nutritive, adesso facevano a Giovanni tre flebo al giorno di un antibiotico, il Tenacid, contro la setticemia. Giovanni non parlava quasi più, a eccezione di un'unica frase, "Voglio andare in Svizzera," che ripeteva di continuo in un sussurro rauco, come in falsetto. Giaceva nel suo letto con un'aria di ostinazione infantile. Era in ospedale da appena un giorno quando telefonai al dottore direttamente in Svizzera. Lui non parlava né l'inglese né il francese, e io non parlavo il tedesco: dovetti riagganciare. Con un giro di telefonate scovai un amico che poteva farmi da interprete mentre descrivevo al dottore la storia di Giovanni e le sue condizioni attuali, per vedere se e quando potevamo andare da lui in Svizzera. Pur comprendendo l'urgenza, il dottore disse che non poteva ricoverare Giovanni in quello stato; era consigliabile attendere almeno che la setticemia fosse guarita e che la diarrea divenisse meno frequente. Riferii a Giovanni il consiglio del medico, facendogli notare che un miglioramento si vedeva. Era in ospedale da due giorni e aveva avuto i brividi soltanto una volta; il terzo giorno erano finiti del tutto.

Giovanni non rispose alle mie spiegazioni: detti per scontato che le avesse accettate. Quando andai a trovarlo la mattina del quinto giorno, mi chiese di portargli un paio di calzini. "Perché, hai freddo ai piedi?" "No," rispose. "Mi vesto. Ho chiesto di essere dimesso. Stamattina ho rifiutato tutte le medicine." Mi misi a piangere. "Perché fai così?" gli gridai in faccia. "Perché non puoi aspettare ancora un po'?" "Voglio andare in Svizzera." Mi resi conto che la speranza contenuta in quella frase era incrollabile. Cominciai a fare la valigia.

Quando arrivammo a casa lo misi a letto e gli dissi: "Adesso telefono al dottore in Svizzera. Se rifiuta di ricoverarti, mi prometti che tornerai in ospedale?" "Sentiamo che cosa dice il dottore."

Questi acconsentì a ricevere Giovanni il lunedì seguente. Mi disse di portarmi dietro gli antibiotici e di darglieli soltanto se fossero ricominciati i brividi. "Non posso promettere nulla," furono le sue parole conclusive. Prenotai l'aereo e l'albergo; saremmo partiti sabato, Giovanni, Zach, Manu e io. Chiamai anche Ciccio per chiedergli se poteva trovarmi del Tenacid e delle flebo di sostanze nutritive da portarci dietro. Rispose che avrebbe fatto del suo meglio. Di lì a qualche ora si presentò con venticinque scatole di Tenacid e dieci flaconi di Soycal, potassio e glucosio. Cinque valigie non sarebbero bastate a contenere tutto quell'armamentario, e in più i flaconi erano di vetro. Ciccio stesso ci consigliò di non portarli. "Quattro giorni senza non cambiano granché," disse. Andai a prendere Zach a scuola e informai la maestra che lunedì, martedì e mercoledì non sarebbe venuto, perché eravamo in partenza per la Svizzera. "Che bellezza!" commentò. "Buone vacanze!" Quel pomeriggio Stefano venne da noi per salutare il padre. Fu l'ultima volta che Giovanni vide suo figlio.

Prendemmo due stanze contigue al Panorama Hotel di Feusisberg, a circa un quarto d'ora dalla clinica, che si trovava a Freienbach. Una delle camere era per Zach e Manu, l'altra per Giovanni e me. Zach e Giovanni andavano sorvegliati ventiquattr'ore su ventiquattro. Di giorno, Manu e io ci davamo il cambio. Uno di noi portava fuori Zach: nel comprensorio dell'albergo c'era un parco giochi, un boschetto e un piccolo zoo, di quelli dove si possono toccare gli animali; oppure lo accompagnava in palestra, dove c'era una vasca con l'idromassaggio. L'altro restava in camera con Giovanni, lo massaggiava, gli dava da bere, gli leggeva qualcosa ad alta voce, gli cambiava il pannolino e cercava di afferrare il senso dei pensieri smozzicati che gli uscivano di bocca e restavano sospesi, come una piuma nel vuoto, in attesa che il soffio dell'ormai inaccessibile linguaggio desse loro peso, movimento, direzione.

Manu e io ci davamo il cambio ogni due ore. In assenza di qualcos'altro da fare o a cui pensare all'infuori delle specifiche esigenze di Giovanni e di Zach, emergeva un'intensità di concentrazione e un'efficienza quasi priva di sforzo. Il mondo si ridusse a due camere d'albergo e a un pezzetto di giardino; tutte le necessità materiali – cibo, biancheria, riviste – si potevano soddisfare per mezzo del telefono. Il battito di quel mondo era scandito dal respiro quieto e breve di Giovanni. Persino Zach obbediva a quel ritmo ovattato quando entrava, come se avesse intuito che il centro e la forza dominante di quel luogo non era lui. La camera era un'isola in cui regnava qualcosa di tangibilmente trascendente, che Zach riconosceva senza bisogno di spiegazioni da parte degli adulti. Quell'armonia viscerale, quello sterminato silenzio che permeava ogni gesto era il sussurro della morte, soave, per nulla minaccioso: un assaggio della porzione dolce del suo frutto.

Giunse la sera di domenica e i brividi ricominciarono. Riprendemmo le flebo di Tenacid. Lunedì mattina Giovanni aveva già consumato tutta la provvista di pannolini che ci eravamo portati dietro. Manu e Zach andarono al villaggio mentre io portavo Giovanni in clinica in taxi perché facesse il primo trattamento. Questo si svolse esattamente come ci era stato descritto. Mentre Giovanni era adagiato su un tavolo, mezzo litro del suo sangue venne prelevato, mescolato con carcerano e poi trattato con ozono. Poi il sangue fu reiniettato, e Giovanni disse che si sentiva bruciare dappertutto. In seguito gli venne fatta un'iniezione intramuscolare di Carciviren e gli vennero somministrate per bocca due dosi di Rovital-V, una sotto forma di gel che gli venne applicato sulle gengive, l'altra in gocce da prendere per bocca: Giovanni si lamentò che sapevano di piscio d'uccello. In più, il dottore ci dette un rimedio omeopatico per la diarrea. Per tutta la durata del trattamento, non smise di guardarmi scuotendo la testa e schioccando la lingua con una specie di "tsk-tsk". Del resto neanch'io, visto lo stadio avanzato del male, mi aspettavo che il trattamento potesse servire.

Giovanni invece aveva concentrato su quel trattamento tutta la fede e la forza che gli restavano. Quando rientrammo in albergo insisté che pranzassimo al ristorante, dove mangiò di buon appetito un piatto di riso in bianco e carote lesse, senza mai togliersi il piumino. Poi però, quella sera, vedendo che il suo stato non migliorava, si ritrasse tutto nelle spire della malattia, lasciando che s'impadronisse di lui senza la minima resistenza, il minimo gesto di sfida, la minima illusione. Sparito lo sporadico sorriso, il desiderio che qualcuno gli desse da mangiare o gli leggesse qualche cosa, cessato ogni tentativo di andare al bagno da solo. A volte non chiedeva neppure che gli fosse cambiato il pannolino. Sembrava che tutti i suoi meccanismi si fossero atrofizzati. Le poche volte che parlava, si fermava impalato in mezzo a una frase, non riuscendo a trovare le parole che l'avrebbero resa compiuta, anche se incomprensibile.

Manu e io sapevamo che ormai era questione di giorni o settimane. Dopo che Zach e Giovanni si erano addormentati, passavamo il resto della serata seduti davanti a una bottiglia di vino sulla moquette del corridoio davanti alle due camere (dovevamo restare sempre a portata d'orecchio), cercando di capire che cosa potevamo fare per aiutare Giovanni. Ormai il significato della parola "aiutare" si era completamente trasformato. Non si trattava più di alimentare o rafforzare i suoi meccanismi di sopravvivenza fisica o emotiva, quanto piuttosto di aiutarlo con dolcezza ad adagiarsi nel silenzio. Sedevamo dunque accanto a lui e per ricordargli la nostra vicinanza fisica lo massaggiavamo o intrecciavamo le nostre dita alle sue. Lui sembrava non desiderare molto più di questo; noi non avremmo saputo che cos'altro fare.

L'ultimo pomeriggio trascorso in Svizzera, decidemmo di fargli fare una passeggiata nella sedia a rotelle. Qualcosa – il desiderio di fargli prendere un po' d'aria fresca, una fitta di nostalgia per le scampagnate in famiglia, un momentaneo venir meno dell'accettazione della morte imminente – ci indusse in quell'errore. Mentre cercavamo di vestirlo Giovanni era inerte, ma non appena Manu aperse la porta dell'ingresso e lui avvertì il freddo dell'aria, s'irrigidì di colpo. Neppure una volta guardò le montagne, il lago, il cielo. Era passato appena un quarto d'ora quando riuscì a dire, in un sussurro imperioso: "Voglio tornare in camera". Quando arrivammo al parcheggio dell'albergo vedemmo tre ottuagenari scendere da un'auto piena di bastoni e di sedie a rotelle, aiutati da un inserviente. I movimenti dei vecchi, a ben più giusto titolo forniti di tutto quell'armamentario, erano identici ai suoi: e lui non aveva neppure la metà dei loro anni. Manu e io pregammo che non decidesse proprio in quel momento di distogliere lo sguardo dal suo interno, scorgendo quel brutale riflesso di sé. Fu un istante crudele. O meglio, era distillata in quell'istante tutta la crudeltà dell'anno appena trascorso. Ma forse Giovanni lo sapeva già e non aveva più bisogno di vedere niente, né quello spettacolo, né altro.

La sera dopo, alle sette e mezzo, tornammo a Roma, e Giovanni venne immediatamente messo a letto. I continui spostamenti che erano stati necessari per trasportarlo dalla camera d'albergo a Feusisberg alla nostra camera da letto a Roma lo avevano reso quasi insensibile. Zach andò a letto un'ora dopo e alle nove e mezzo Manu tornò a casa. Tutto era quiete nell'appartamento; mi sedetti alla scrivania per ascoltare i messaggi della segreteria telefonica, aprire la posta, buttar giù le solite liste e fare il punto della situazione. Alle dieci e mezzo mi resi conto che da quando Giovanni era a letto non avevo sentito un rumore e il campanello non aveva suonato neanche una volta. Entrai in camera per dare un'occhiata. Dormiva tranquillo, con tutto che aveva il pannolino sporco. Cominciai a cambiarlo. Non si mosse. Sollevai il braccio e lo lasciai andare: cadde giù di peso. Accostai la bocca al suo orecchio e gli sussurrai di stringermi la mano se mi sentiva. Nessuna reazione. Salii sul letto e gli presi il viso fra le mani, mormorando e cantando piano al suo orecchio. Sta morendo, pensai. Trascorsi un'ora in quel modo, calmo, in pace, pronto, turbato solo dal pensiero che forse era egoista da parte mia accaparrarmi i suoi ultimi istanti: dopo quel che avevamo passato insieme in Svizzera, Manu meritava di assistere a quell'ultimo, agevole passaggio. La chiamai e le dissi: "Giovanni sta morendo". Rispose piano: "Arrivo". Salì anche lei sul letto e insieme passammo le due ore seguenti ad accarezzare Giovanni e a parlargli dolcemente. Ricordo di aver pensato che quella notte, quel luogo, quella calma sarebbero stati una morte perfetta. A un certo punto, Giovanni tossì. Quel colpo di tosse lo riportò in sé; con fatica, aprì gli occhi, si mise la mano sul petto. Una morte perfetta, almeno per Manu e per me. Ma il moribondo era lui. Attaccai una flebo di glucosio: tornò a noi.

Il mattino seguente arrivò Ciccio per fare il prelievo. Tornò nel tardo pomeriggio annunciando, com'era prevedibile, che Giovanni doveva essere immediatamente ricoverato. Manu e io eravamo indecisi. "A che serve?" pensavamo entrambi. Perché non lasciarlo morire in pace a casa sua, circondato dalle cose cui è abituato e da coloro che ama? Esponemmo a Ciccio le nostre riserve, ma lui era convinto sul serio che in ospedale Giovanni si sarebbe ripreso quanto bastava perché valesse la pena tentare. Inoltre, ci ricordò, tenerlo a casa comportava dei problemi, e chissà che effetto avrebbe avuto su Zach e su Stefano. Acconsentimmo, ma nelle cinque settimane che doveva ancora vivere ritornammo mille volte su quella decisione. A che serviva? Un giorno andammo persino a consultare la psicologa dell'ospedale. La semplice domanda che ci pose ci lasciò senza parole: "Perché non chiedete a lui che cosa preferisce?" Così attraversammo insieme il reparto, diretti alla stanza di Giovanni. Mi arrampicai sul letto e parlandogli piano all'orecchio gli enumerai le alternative – casa, clinica privata, ospedale – spiegando, nel linguaggio elementare che si usa con i bambini, ciò che ognuna comportava. La riposta di Giovanni ci sorprese: "Voglio restare qui".

Il flusso dei visitatori nel nostro appartamento era aumentato lentamente ma notevolmente nel corso del pomeriggio: c'erano Silvia, Manu, Donatella e Sara, la figlia di Manu. Temevo il momento in cui avrei dovuto annunciare a Giovanni che doveva ricoverarsi di nuovo. Entrai in camera da letto e mi chinai sopra di lui. "Devi tornare in ospedale. Chi vuoi che ti accompagni? C'è qui tua madre, tua sorella, e ci sono io.

Scegli chi vuoi tu." Chiese che fossi io ad accompagnarlo. Mentre facevo la valigia ancora una volta, Ciccio chiamò l'ambulanza. Questa arrivò a sirene spiegate attirando una folla enorme che si raccolse sotto le finestre del salotto. Quattro infermieri entrarono nell'appartamento con una specie di grande lenzuolo che pendeva da due pali. Appena ve lo adagiarono dentro, Giovanni scomparve alla vista, piccino, come in un bozzolo. Chiese che lo coprissimo con il suo piumino e con la copertina arancione della Sabena che una volta, durante le sue peregrinazioni di giornalista, si era portato a casa. Mentre attraversavano il tinello diretti verso l'uscita, gli infermieri spinsero da parte con un gesto brusco il tavolo da pranzo per farsi largo. In tinello c'erano tutti i membri della famiglia, ciascuno con una reazione diversa: chi si mangiava le unghie nervosamente, chi era in preda a una crisi isterica. Nel bel mezzo di quel caos, presi da parte Zach per spiegargli che dovevo portare Giovanni in ospedale ma che sarei tornato subito. Una volta scesi in strada, dovemmo farci largo fra la gente. Al primo piano, Zach si spenzolava dalla finestra strillando: "*Daddy, daddy!!*" con uno sguardo pieno di orrore che mi è rimasto tatuato nell'anima.

Accompagnai Giovanni nel retro dell'ambulanza. I finestrini erano interamente ricoperti di decalcomanie; i sobbalzi del veicolo che percorreva le vie di Roma mi davano la nausea. Il suono della sirena arrivava come soffocato fra le pareti imbottite dell'ambulanza. Tenevo la mano di Giovanni fra le mie. "Acqua, acqua," era l'unica cosa che riusciva a dire.

In ospedale chiesi di parlare col medico di guardia nel reparto Aids. Quando arrivò, dopo mezz'ora, gli spiegai che Giovanni non doveva prendere altri farmaci che quelli della cura svizzera. Con un'occhiata di scherno mi rispose: "Come no? Anzi, domani porto la bacchetta magica". Poi scomparve.

Dopo aver atteso in accettazione per oltre un'ora, durante la quale chiese da bere quattordici volte, Giovanni fu finalmente trasportato nel solito reparto, solo che questa volta gli fu assegnata una stanza a due letti, di cui uno era già occupato. Dopo averlo messo a letto e avere atteso che si addormentasse, andai a cercare la caposala, con la quale oramai ero in buoni rapporti. Spiegai anche a lei la nostra decisione di non usare medicine tradizionali e le diedi istruzioni su come e quando somministrare a Giovanni il Rovirax e l'iniezione. Scrisse tutto quanto sul suo quaderno e mi assicurò che ci avrebbe pensato lei.

L'indomani mattina chiesi a Giovanni se gli avevano dato le medicine svizzere. Come accadeva sempre più spesso, mi rispose: "Non ricordo". Allora tornai dalla caposala. "Spiacente," fece, come se la conversazione della sera prima non avesse mai avuto luogo, "non è permesso portare medicine dall'esterno." Dal momento che quelle per bocca erano abbastanza facili da somministrare, decisi di nasconderle nel cassetto del comodino e darle io stesso a Giovanni. Quanto alle due iniezioni a settimana, decisi di prepararle a casa prima di andare in ospedale; una volta arrivato, lo avrei portato in bagno e gliele avrei fatte lì.

Le condizioni di Giovanni non accennavano minimamente a migliorare. Dopo essere stato alimentato via flebo per alcuni giorni, riusciva tutt'al più a leggere per cinque minuti. Dopodiché, il giornale gli cadeva di peso in grembo, come fosse un lingotto d'oro, e lui restava lì con lo sguardo perso nel vuoto. Nel giro di una settimana, non riusciva più a controllare la vescica. Gli misero un catetere collegato a una sacca fissata al letto: ormai non c'erano più occasioni di portarlo al bagno per fargli le iniezioni. Di lì a qualche giorno, l'incontinenza divenne totale.

I medici erano distanti, a volte scortesi. Non perdevano occasione di ricordarci che permettendo a Giovanni di dimettersi come aveva fatto la volta precedente gli avevamo tolto tre anni di vita. Raramente ci rivolgevano la parola, e anche le infermiere sembravano in combutta con loro. Ogni mattina, quando arrivavo in ospedale dopo aver portato Zach a scuola, Giovanni aveva il pannolino pieno di diarrea, la colazione giaceva ormai fredda sul vassoio poggiato ai piedi del letto (certamente sapevano benissimo che non era in grado di mangiare da solo, figuriamoci di spostare il vassoio, che non aveva rotelle, fino all'altezza giusta!), e le varie pastiglie di vitamine e minerali erano ancora sul comodino, avvolte in una garza.

Manu e io decidemmo che qualcuno doveva restare con Giovanni ventiquattr'ore su ventiquattro, se non altro per garantire un minimo d'igiene e di assistenza. Il primo turno, dalle nove del mattino alle quattro del pomeriggio, toccò a me. Il resto del tempo fu diviso fra Manu, la figlia Sara, la sua amica e massaggiatrice Simonetta, e poi Silvia, Flaminia e Francesco; quest'ultimo sarebbe venuto da Milano tre o quattro giorni alla settimana. Ogni pomeriggio, dopo essere andato a prendere Zach a scuola direttamente dall'ospedale, tornavo indietro e organizzavo insieme a Manu i turni del giorno seguente, in modo che ciascuno sapesse sempre se doveva portare il pranzo o la cena (dopo la prima settimana Giovanni aveva rifiutato il vitto dell'ospedale), e se quando arrivava era ora di dargli la medicina svizzera. Decidemmo anche di tenere sempre nel cassetto del comodino un blocco per appunti su cui lasciare scritti vari messaggi: "Silvia: quando cambiano il letto, cerca di far gonfiare il materassino"; "Manu: chiedi a Flaminia di portare guanti e bicchieri di plastica, che sono quasi finiti"; "Flaminia: quando è possibile il pannolino va lasciato aperto in modo che l'aria circoli. Ha la pelle tutta irritata"; "Sara: non mettergli più la pomata, la pelle deve respirare". E così via.

Dopo qualche settimana di turni di notte, eravamo distrutti; decidemmo di assumere un'infermiera privata. Questo ci consentì una maggiore flessibilità, perché ora eravamo in sei a coprire l'arco di tempo compreso fra le nove di mattina e le dieci di sera, ora in cui arrivava l'infermiera. Io continuai ad andare in ospedale dalle nove alle quattro; mi sedevo accanto a Giovanni senza parlare, cercando di mantenere sempre fra di noi un contatto fisico che colmasse il silenzio e l'abisso che ci separavano. Ci guardavamo a lungo negli occhi, ci baciavamo, poggiavamo le teste l'una accanto all'altra sul cuscino. Finalmente avevamo la nostra "camera bianca".

15.

23 marzo

In ospedale, seduto accanto al letto di Giovanni, mi sento sollevato. Il suo corpo è cadaverico, la sua mente è altrove e si prepara all'estrema conquista – o sconfitta, o riconciliazione. Ogni giorno che passa, Giovanni si allontana ancora un po' da me; sta tagliando i fili che lo legano alla sua storia per trasferirsi altrove, solitario ma tranquillo. Eppure, in ospedale, mentre siedo accanto al letto di Giovanni, mi sento sollevato. È vero, lui è tutte queste cose. Però è ancora.

"Dovrò mettermi a fare la puttana," dice questa mattina in un sussurro appena udibile: è il *non sequitur* del giorno.

"Perché?" chiedo.

"Per far soldi," risponde.

"Ma non abbiamo bisogno di soldi. Tu prendi ancora lo stipendio dall''Espresso', io ho sempre l'affitto dei miei appartamenti a Brooklyn, e in banca c'è qualcosa."

"È un segreto."

"Perché è un segreto?"

Nessuna risposta.

"Non puoi metterti a fare la puttana, Giò. Noi ci amiamo. E poi, siamo sposati."

"Ah sì?"

Estraggo la sua mano da sotto il lenzuolo, intreccio le mie dita alle sue e gliele metto sotto gli occhi per fargli vedere le due fedi. Poi frugo nello zaino che ho posato vicino al letto e tiro fuori una delle nostre partecipazioni di nozze, che tengo sempre in un astuccio di pelle insieme ad alcune foto scelte e alla prima lettera che mi ha scritto. Gli mostro il tutto e gli de-

scrivo il giorno del matrimonio. Lui sorride, in trance, come un bambino mentre gli leggono una favola.
"Ti ricordi?" chiedo.
"Che cosa?"
"Il nostro matrimonio."
"No."

24 marzo

Sta allontanandosi da me, va verso qualcos'altro, un altrove cui non è consentito l'ingresso ai vivi. Sta spogliandosi di questo mondo come se cambiasse pelle strato dopo strato, e un giorno, temo non lontano, entrerò in questa stanza e lui non saprà più chi sono. Già oggi sono tentato di chiedergli se sa come mi chiamo, ma la paura mi fa ammutolire.

"Io non ho bisogno di far parte di un gruppo. Non ho bisogno di nessuno," dice.
"E di me, hai bisogno?"
"No."
La risposta mi strazia, ma voglio una conferma, un chiarimento. "Se adesso uscissi e non tornassi più, non ti importerebbe?"
"No."
Lentamente ritiro la mia mano dal suo petto, percorrendo il terreno accidentato dello sterno e delle prime costole. Non appena il collegamento fisico s'interrompe, Giovanni avverte la mia disperazione e volge lo sguardo verso di me, poi diritto nei miei occhi, ma in un certo senso senza mai guardarmi. "Non capisci cosa intendo," dice. Non rispondo. Certo che lo capisco. È solo che non sono pronto ad ascoltarlo, a viverlo. Non sono pronto a venir separato da Giovanni mentre lui cerca, con le poche forze che gli rimangono, di compiere il suo viaggio in pace, il che richiede di abbandonare incessantemente tutto ciò con cui è in contatto. Non sono pronto a che lui mi lasci andare. Mi attacco a lui, voglio accompagnarlo fin dove è possibile. Voglio che quando muore sia avviluppato da me, come la notte che siamo tornati dalla Svizzera.

25 marzo

Sull'Italia soffia una tempesta di sabbia del Sahara. Il cielo ha un bagliore brunastro, è troppo luminoso, apocalittico.

La pioggia assorbe la polvere e martella ogni superficie, ricoprendo tutta Roma e i suoi abitanti di una pellicola color ocra. Giovanni è neutro, inerte: desidera una presenza, ma silenziosa. Decido di non parlare, di non sollecitarlo, di non impegnarlo. E non lo tocco più di continuo come prima, quando gli tenevo sempre la mano, gli poggiavo la mia a mo' di coppa sulla fronte o gliela mettevo sul petto con le dita allargate. Ci sono, ma per me stesso. Questo distacco forzato contrasta con le mie emozioni. Entrambi dobbiamo lasciar andare qualcosa: io, quello che è stato finora il mio centro emotivo; lui, quel che gli fa cenno di cercare di vivere ancora un po'.

Arriva Martha, la leggendaria analista che Giovanni vedeva a New York. Consola, dà consigli graditi, legittima il nostro dolore con piglio professionale. La invito a venire a stare da me. Se dice di no, la pregherò di venire a stare da me. Accetta. Le parlo di quella notte che Giovanni avrebbe potuto morire la morte perfetta per lui. Risponde: "Se dovesse morire da solo, di notte, in ospedale, ricordati che forse ha bisogno di essere da solo per morire, che non vuole essere circondato da gente che lo chiama alla vita". Il concetto è sfuggente, ma ogni giorno che passa riesco sempre meno a ignorarlo. Lasciar andare gradualmente, per il bene di tutti. Rinunciare alle manovre e ai cambiamenti che danno l'illusione del controllo. Martha mi consiglia di non "abitare" in ospedale, di uscire un po', di riprendermi a poco a poco la vita.

26 marzo

Seguendo il consiglio di Martha, mi concedo tre ore al giorno e arrivo in ospedale soltanto alla mezza. Tempo non strutturato. Silenzio inquieto. Ondate di pena che si infrangono contro le mie pareti. A mezzogiorno, mi precipito a prendere l'autobus 719. Nella mia solitudine ho bisogno della compagnia di Giovanni e fingo che questo bisogno sia reciproco.

Nuove istruzioni: adesso Giovanni va girato ogni ora, come un arrosto, per impedire che le piaghe da decubito si allarghino e si facciano più profonde. Le natiche del suo compagno di stanza assomigliano all'interno di una vecchia fornace da mattoni. Quelle di Giovanni attualmente sono di un rosa da neonato. I suoi polpacci sono squamosi, le mani bluastre, le palpebre membranose. Ha un'aria da rettile.

Manu e io dobbiamo tenere alla larga gli amici e i parenti non stretti, i quali non si rendono conto che Giovanni vuole soltanto una presenza silenziosa, niente conversazione, niente notizie; che debbono cancellare il loro ego dalle visite; che non debbono sforzarsi di dimostrare che sono capaci di fargli spuntare un sorriso sulle labbra o un soprassalto di vigore o di nostalgia. Ormai Giovanni è al di là di tutto questo. Si allontana da forme, oggetti, rumori e pensieri della vita dirigendosi verso un silenzio completo, disabitato. Ormai la vita è il nemico.

27 marzo

Zach passa la notte da Giovanna. Io vado al concerto di Manu e poi a cena fuori. Grazie, Martha. Martha parla a Giovanni della morte in modo diretto. "Stai morendo, Giovanni. Lo sai. Nulla ha più importanza. Le parole non hanno importanza. Ti stiamo perdendo. Non sei tu che perdi noi. Tu vai avanti. Noi restiamo indietro."

Invito Sandro e suo figlio Michele a venirmi a trovare nel pomeriggio. Lentamente mi ritaglio una vita mia, riempiendo i vuoti lasciati dal continuo ritirarsi di Giovanni, mi svezzo dall'abitudine del dolore. Grazie, Martha.

Adesso Silvia e Francesco accettano il fatto che Giovanni sta morendo. Niente più analisi, tubi, esami, rigiramenti, punzecchiamenti. Lasciatelo morire con dignità, dicono, facendo eco alla folgorazione ormai obsoleta che Manu e io abbiamo avuto due settimane fa. Insistono per disdire la rettoscopia fissata fra due giorni. Manu e io l'avevamo già disdetta una volta; adesso è il turno di Silvia. Ondate di indecisione. Come fare per lasciarlo morire? Se non vogliamo più esami, allora perché continuare con gli antibiotici, il Bactrim, le flebo, le analisi del sangue? Dove si traccia il confine? Francesco alimenta a distanza la fragile Silvia con la propria indecisione, la propria sofferenza, i propri consigli. Riattacca il telefono e lei resta lì con un doppio fardello. Manu e io vogliamo che le "scopie" (retto- e gastro-) si facciano. Ogni volta che vengono disdette, poi ci vogliono almeno due settimane per riprogrammarle. La diarrea lo sta uccidendo; allora, che eseguano quest'ultimo esame invasivo e la facciano finita. Non possiamo sapere che cosa vuole Giovanni, e le nostre interpretazioni – come Manu e io sappiamo bene – passano sempre attraverso il filtro dalla nostra sofferenza personale. Abbiamo fatto dietrofront: prima volevamo riportarlo a casa, adesso vogliamo tenerlo in ospedale, almeno per il momento. E se Giovanni è in ospedale, dobbiamo seguire il trattamento consigliato dai dottori. È la nuova patina di sicurezza che ci siamo dati, e Silvia e Francesco sono rimasti un passo indietro. Penso che la cosa migliore sia lasciare almeno questa decisione ai medici. Loro sono sempre rimasti coerenti mentre noi ci perdevamo in contraddizioni. Stavolta, che facciano a modo loro.

28 marzo

"All'inizio, credo, è uno scambio sessuale a un livello più alto," dice Giovanni.

"Che cosa?" chiedo io.

Un'inflessione dello sguardo, un risalire dal fondo del calderone del pensiero al solito vuoto.

"Che cosa intendi dire?"

"Non ricordo."

29 marzo

Quando gli dico che Martha e la sua amica Deirdre sono ripartite per gli Stati Uniti, fa una faccia smarrita. "Per gli Stati Uniti? Ma qui dove siamo?"

"Siamo a Roma," rispondo. "Abitiamo in via Natale del Grande, a Trastevere. Non ricordi il bellissimo appartamento che ci ha trovato tua madre?"

Non ricorda e sembra che non gl'importi nulla, come se fosse stufo di tutte le cose che continuamente gli rammentano che non riesce a ricordare.

"Dove credevi che fossimo?" chiedo.

"Non so. La realtà cambia di continuo."

"La realtà cambia di continuo per tutti noi. È questo che la rende così emozionante. Cerca di non avere paura dei cambiamenti, non lasciare che ti sconvolgano. Rilassati e goditi l'inatteso. Noi ti siamo vicini nel tuo viaggio. Io sono stato con te a New York, a Fire Island, a Roma. Sono il tuo compagno di viaggio, e anche tua madre, tuo padre, Manu, Flaminia, Stefano e Zach. Okay?" Sorrido.

"Okay." Sorride e si addormenta. Smetto di sorridere.

30 marzo

Un'altra giornata grigia e fredda. Oggi Giovanni è in un luogo triste, o forse un dolore fisico perfora periodicamente il suo mondo a occhi chiusi. Ogni tanto geme, ma non apre gli occhi e non parla. Se le sue palpebre incominciano a sollevarsi, rivelando uno spicchio di cornea iniettata di sangue, le richiude subito. In lui oggi c'è qualcosa di scontroso e inconsolabile. Gli lavo il viso, le braccia, le gambe; gli massaggio gli arti e le estremità e gli faccio fare ginnastica: gli fletto le gambe contro il torace e intanto gli descrivo una passeggiata in campagna. Ha mani e piedi bluastri, le unghie aride; l'arco fra le cosce è molto ampio. Questo pomeriggio cercherò di massaggiargli i glutei. Perché? Sta morendo. Non si potrà mai riportarlo in salute. Allora perché darsi tanto da fare? Non so. Forse, semplicemente non si può non fare nulla.

Ieri sera non ho preso sedativi prima di andare a letto. Sto abituandomi a non dividere il letto con nessuno. Sono passate cinque settimane da quando Giovanni ha dormito nel nostro letto per l'ultima volta, fatta eccezione la notte della morte perfetta. Adesso c'è un lungo capitolo fra il letto solitario e quello in cui una coppia piena di ardore si dibatteva fra le lenzuola. In queste cinque settimane mi sono scoperto ad allontanarmi dal "mio" lato del letto avvicinandomi sempre più al centro. Il letto non ha più lati. È tutto mio.

Chiedo a Giovanni di prendermi la mano e posarla nel punto dove ha male. Dapprima se la poggia sull'addome, fonte inarrestabile della diarrea, dove ogni speranza di energia viene triturata e trasformata venticinque volte al giorno in uno Stige verde e vischioso. Poi se la poggia vicino al cuore, e preme talmente forte sulle mie nocche che ho paura di schiacciargli il catetere. Il dolore all'addome lo capisco. È un'unica freccia. Il dolore al cuore è una faretra piena, e ogni freccia è messaggera di un dolore. Scelgo di non sceglierne una.

31 marzo

Gella, Manuela, Carmen, Paolo e Fiamma chiamano per sentire come sta Giovanni e per chiedere quando potranno venire a trovarlo in ospedale. Sono costretto a dir loro che non vengano, che Giovanni sta cercando di morire, mentre loro fanno parte della vita, e senza volere lo spingeranno nella direzione sbagliata. Manu, Silvia e io non facciamo più parte della vita, per Giovanni. Noi siamo gli attori del suo lento distacco dalla vita. Gli altri sono interferenze, ostacoli su questo cammino. Come spiegare tutto questo senza dare loro l'impressione che lo teniamo prigioniero? Tutti hanno l'aria di aver capito. O quanto meno ottemperano alla richiesta. A volte mi chiedo se sono io a tenere Giovanni prigioniero, se sono io che non so più affrontare le persone che componevano la sua vita d'uomo sano e attivo. Queste persone evocano il Giovanni asintomatico, e quest'immagine è quella che mi dà più dolore. Sento per loro una specie di gelosia retrospettiva, per tutti gli anni che hanno potuto passare con lui. A questo punto, comunque, Giovanni non reagisce più a nessuno. So che mi riconosce, ma non saprei dire esattamente come. Sa che sono Brett, il suo compagno? Oppure mi riconosce semplicemente come la persona dolce e piena di attenzioni che ogni giorno passa ore in ospedale accanto a lui? Fintantoché Giovanni non parlerà in modo sensato per noi, cioè probabilmente fino alla sua morte, questa crisi d'identità (sua? mia?) non sarà mai compresa.

1° aprile

Ieri sera ho parlato con Silvia, che con mia grande sorpresa ha abbordato l'argomento del funerale. Avevo previsto che ne avremmo discusso Manu e io. Siamo tutti d'accordo che sarebbe preferibile un funerale ebraico. Giovanni è cresciuto a Roma e a Roma è ritornato; è nato da madre ebrea e recentemente è tornato all'ebraismo. Un funerale ebraico completerebbe il suo ritorno a questa sfera della sua vita. I nonni di Silvia sono sepolti nel settore ebraico del Verano, uno dei cimiteri di Roma; Silvia dice che è un posto bellissimo. Si informerà sullo spazio disponibile nella tomba di famiglia e io mi occuperò del rabbino, del *minyan*[1] e di altri aspetti essenziali. Sul funerale di Giovanni ho fatto un sogno vivido e realistico. Era morto in ospedale e io ero arrivato in tempo per vederlo chiudere in una custodia con la chiusura lampo, simile a quelle di plastica trasparente che si usano per gli abiti. Stavamo cercando di decidere dove tenerlo prima che venissero date disposizioni per il funerale, e avevamo deciso di metterlo in terrazza, come avevamo fatto con Moats, per evitare che Zach lo vedesse. Per tutta la giornata seguente non sono riuscito a togliermi quel sogno dalla mente.

[1] Nella religione ebraica, per recitare preghiere in pubblico occorre la presenza di almeno dieci maschi adulti. Questo "quorum" si chiama *minyan* [*N.d.T.*].

Oggi Giovanni farà la temuta gastroscopia. Il dottore mi autorizza a restare con lui. Gli tengo la mano, e mentre il medico gli fa scorrere giù per la gola un tubo nero lungo quattro metri, gli sussurro all'orecchio una lunga storia di passeggiate in campagna e lungo la spiaggia. Salvo un inizio di soffocamento che dura due secondi, Giovanni sembra completamente rilassato e in capo a cinque minuti la manovra è conclusa. Diagnosi? Come avevo previsto: nulla. Sempre le stesse buone notizie: non c'è nulla; e intanto lui è qui che muore. Strana, questa permanente forma di cecità dei medici. Per il resto del pomeriggio, Giovanni è un po' irrequieto, il suo respiro è irregolare e poco profondo. L'occhio destro, da cui qualche giorno fa è stata estratta una lente a contatto rimasta dentro per due settimane, sembra sempre più debole: non riesce a stare aperto e a seguire l'occhio sinistro. Mentre osservo lo sguardo vacuo di Giovanni e la sua assenza di reazioni, comincio a chiedermi se il Cmv non stia per caso invadendo gli occhi e/o il cervello. Domani mi informerò (ma poi perché?). Il medico che ha eseguito la gastroscopia ci consiglia di non dare a Giovanni nessun cibo solido "per un po' di tempo", tanto il valore nutritivo è trascurabile; per ventiquattr'ore al giorno riceve un'infusione di sostanze nutrienti mentre i cibi solidi non fanno che esacerbare la diarrea. Avevo previsto questa novità e mi chiedevo perché mai ci dessimo tanta pena per preparargli tutti i pasti a casa e coordinarne il trasporto in ospedale, quando Giovanni non mangia mai più di una o due forchettate e anche quelle senza particolare piacere. Da un certo punto di vista mi sento sollevato: adesso le mie mattinate saranno più semplici. Non dovrò più usare i quarantacinque minuti che mi restano fra quando mi alzo e quando porto Zach a scuola per preparare un pasto caldo. In ogni caso, vedo questa novità al massimo come la penultima prima che Giovanni muoia. L'unico altro cambiamento che resta – e questa non è una condizione preliminare della morte – è che Giovanni smetta di riconoscerci. Ma tanto non ne avremo mai la certezza. È concepibile che abbia già smesso.

Stamattina, mentre lo massaggio, noto sulle braccia di Giovanni certe linee nere simili a fili. L'infermiera mi informa che sono state causate da due trasfusioni di sangue che gli hanno fatto stanotte, per eseguire le quali lo hanno bucato sei volte perché quattro vene si sono rotte a metà trasfusione. Stasera poi scopro che gli infermieri hanno cercato di aspirargli il muco dai polmoni con una pompa, ma Giovanni ha rifiutato. Il catarro comincia ad accumularsi rapidamente; la tosse è sempre più ostinata, i denti e gli angoli della bocca sono ricoperti di una gelatina trasparente. Fin dove arriverà l'orrore?

Vorrei poterlo riportare a casa e lasciarlo morire. Ma nulla mi garantisce che morirebbe rapidamente e in pace. E così continuo a vegliare. Fa' presto, ti prego. Fa' presto.

9 aprile

Mi ci sono voluti sei giorni per riuscire a scrivere queste parole: Giovanni è morto. Mercoledì mattina, il giorno dopo la gastroscopia, Silvia mi ha telefonato per dirmi che Ana, l'infermiera privata che fa la notte, l'ha chiamata dopo il suo turno dicendo che hanno dato l'ossigeno a Giovanni perché aveva difficoltà respiratorie. Mi sono precipitato ad accompagnare Zach a scuola, ma solo per scoprire che l'asilo sarebbe rimasto chiuso dal giovedì pomeriggio al mercoledì seguente a causa delle elezioni; a quel punto sono corso all'ospedale. Aprendo la porta ho scorto Giovanni attaccato a un grosso bidone verde, che emanava ossigeno attraverso un tubo cilindrico d'acqua e poi lungo un altro tubo a fisarmonica collegato a una maschera che gli copriva il naso, la bocca e il mento. Non era la prima volta che assistevo a quella scena: un paziente della camera accanto era stato attaccato al respiratore per diverse settimane. Ricordo che quando avevo visto quella giovanissima preda avevo pensato: "Prima che attacchino anche Giovanni a uno di quei cosi troverò il modo di lasciarlo morire". E invece eccolo lì, collegato a uno di quegli apparecchi fatti per tenere la gente in vita, che faceva sorgere la domanda: "Che razza di vita è questa?" Eppure non ho fatto nulla perché il respiratore venisse staccato. La sua presenza violava la sua dignità. La sua assenza lo avrebbe privato dell'ossigeno. Come facevo a scegliere fra le due? Strano come la nostra determinazione, costruita settimana dopo settimana, possa sfuggirci fra le dita come mercurio. Fisicamente e mentalmente Giovanni non reagiva più, anche se aveva gli occhi semiaperti. Il suo respiro era superficiale e richiedeva un grande sforzo, forse tutto lo sforzo di cui era capace.

Dopo che i medici hanno ultimato il giro del mattino, ho chiesto loro come stava Giovanni. Per la prima volta hanno messo da parte i soliti sproloqui sul livello di questo e il tasso di quello. Sembrava che avessero finalmente compreso di avere davanti un essere umano e non un coacervo di numeri e di valori. Hanno detto in parole povere una cosa ormai evidente:

Giovanni era gravissimo. Aveva avuto un collasso. Stava morendo. Essenzialmente non c'era nulla da fare. Quanto tempo? "Poco," era tutto quel che riuscivano a dire. Ho deciso di passare in ospedale quella notte, la seguente e tutte quelle che ci sarebbero volute prima che il fisico di Giovanni cedesse. Avrei dato le disposizioni per il funerale dal telefono a gettoni dell'ingresso. E Zach? Chi si sarebbe occupato di lui, visto che la scuola era chiusa? Ferma. Un giorno alla volta.

Quel mercoledì Zach era tornato da scuola con un po' di febbre; dopo avergli preparato la cena, aver giocato con lui e averlo preparato per la notte, il termometro segnava 40 gradi. Ero diviso: dovevo passare la notte accanto a mio figlio febbricitante o al mio compagno moribondo? Due nostri amici, Marina e Bernhard, avevano accettato di passare con Zach la notte e la mattinata seguente, fino a quando Silvia mi avesse dato il cambio e io fossi rientrato a casa. Quella sera alle dieci, quando ero tornato in ospedale, la maschera a ossigeno era stata staccata. L'infermiera mi aveva detto che era meglio non tenere Giovanni continuamente attaccato per evitare un'assuefazione totale. "Come faccio a sapere se bisogna rimettergliela?" chiesi. "Mi creda, se ne accorgerà," aveva risposto. Giovanni aveva finito col trascorrere l'intera nottata senza maschera. Quella micro-variazione del suo stato mi aveva quasi fatto sperare. Quasi. Manu avrebbe trascorso la seconda nottata con Zach, pur avendo energicamente contestato la mia decisione di lasciare Zach per tornare in ospedale da Giovanni. Avevo pianto. Era la prima volta che fra Manu e me non si stabiliva un'intesa istantanea, e non avrebbe potuto capitare in un momento peggiore. Per tutta la notte Giovanni ha continuato a non mostrare alcuna reazione, e la mattina la tosse era peggiorata; dal rumore sembrava che stesse affogando nel catarro. Gli hanno rimesso la maschera a ossigeno e per circa un'ora è tornato a respirare di nuovo in modo regolare, anche se superficiale. Poi la tosse è ripresa. Al mattino sono arrivati la madre e il padre di Giovanni e io ho deciso di correre a casa e trovare qualcuno che desse il cambio a Manu, in modo che più tardi potessimo tornare in ospedale insieme.

Quando sono arrivato a casa, Manu stava servendo il pranzo – orecchiette coi broccoletti – a Zach. Il telefono ha squillato proprio mentre riempiva le scodelle. Era il padre di Giovanni. L'orologio segnava la mezza. Giovanni era morto.

Giovanni è morto con accanto sua madre e suo padre che gli tenevano le mani e le braccia e gli accarezzavano la fronte mormorando cantilene buddiste. Tre persone che si erano allontanate nel corso degli anni venivano finalmente riunite e riconciliate. Non erano bastati anni di psicoterapia, di intimità epistolare, di telefonate intercontinentali. Ci era voluto un evento primordiale quanto il parto. Forse era questo che Giovanni aspettava per morire. "Le parole non contano", aveva detto Martha.

16.

Pedalando dalla nostra casa di Monteverde verso quella di un amico al Flaminio, io e mio figlio Zach di 4 anni raggiungiamo Trastevere, il quartiere in cui noi tre – Giovanni, Zach e io – abbiamo vissuto quando ci siamo trasferiti a Roma due anni fa. Mentre nel freddo pomeriggio d'inverno sto per attraversare ponte Garibaldi, con Zach appollaiato sul seggiolino di plastica montato sulla canna, guardo la cupola della Sinagoga e mentalmente comincio a percorrere le varie tappe comprese fra oggi e il futuro: l'anno prossimo, quando finisce l'asilo, devo mandare Zach alla scuola ebraica? Devo scrivere sull'antisemitismo in Italia per quella rivista americana? Quand'è che sentirò una punta di nostalgia per New York? C'è tempo per passare a comprare un *cheesecake* alla pasticceria del ghetto?...

"*Daddy*, Giovanni è morto." La forte brezza del Tevere raccoglie le parole di Zach e me le sbatte in faccia. Le mie fantasticherie si dissolvono, come quando lo stridulo comando della sveglia disperde un sogno. Alzati. Affronta la giornata. Esci da sotto la coperta calda. Datti da fare. Forza. Eccoci qui, padre e figlio che attraversano il Tevere in bici, aria trasparente di domenica, luce mielata del mattino che illumina un quadro sereno.

Quelle tre parole di mio figlio mandano tutto in pezzi, e per un istante torno indietro a un anno fa. Siamo sempre su ponte Garibaldi. Giovanni è seduto nella sedia a rotelle con Zach rannicchiato in braccio. Io spingo quel veicolo ingombrante. Stiamo andanto a piazza Navona. È la Befana. So che quando avremo raggiunto la mèta, avrò le mani spellate dallo sforzo di guidare la carrozzella sul selciato tutto buche. Ed è così. Sono due settimane che Giovanni raccoglie le energie per questa passeggiata di famiglia. Ma con tutta la calca, il frastuono e la confusione, quando arriviamo dorme profondamente.

Dopo questo istante ce n'è un altro in cui ritorna ancora una volta la litania dell'anno passato: non riesco a credere che Giovanni sia morto. Non riesco proprio a mandare giù questo rospo, questo boccone amaro. Non può essere, e invece lo è, e so che per il resto della vita mi porterò dentro questo dolore sordo, questa nausea che mozza il respiro, perché è morto e non ci si può far niente, e nulla può riempire quest'assenza, che c'è e ci sarà sempre questo spazio, questo vuoto gravido, che rifiuta di farsi riempire da altro che non sia la sua totale, incomprensibile assenza.

"Sì, amore. Giovanni è morto." C'è un silenzio. Vorrei chiudere la porta, ma debbo tenerla aperta per mio figlio. Devo cercare di capire in che modo la sua giovane mente sta digerendo quest'incredibile esperienza. Anche qui, nel bel mezzo di una tranquilla passeggiata, le immagini di morte non si possono respingere. Zach sta facendo un gran lavoro. Devo incoraggiarlo. "A me manca, Giovanni. E a te?" gli chiedo.

"Sì, papà. Io piangevo quando era malato. Ma poi è andato all'ospedale e l'hanno fatto stare bene." Parla con autorità, come se fosse lui ad avere il compito d'informare e di consolare. Voglio modificare la sua interpretazione, avvicinarla alla verità, ma quanto? e con quali parole e concetti? In fondo, che cosa ho vissuto io che Zach non ha vissuto? Mi ha visto somministrare medicine a Giovanni tramite il catetere inseritogli nel torace durante il primo dei quattro ricoveri. Ha visto i prelievi di sangue che l'infermiere veniva a fargli a casa due volte alla settimana; mi ha visto vuotare l'orinale ogni mattina; ci ha accompagnati in Svizzera per un trattamento sperimentale che non è riuscito; ha visto Giovanni in ambulanza; è andato al funerale. L'unica cosa a cui Zach non ha assistito è stata la morte di Giovanni. Questo è l'unico atto della tragedia che gli ho risparmiato – Giovanni sorridente sul letto d'ospedale, la pelle come carta che si raffreddava e si tendeva sotto le mie dita – l'unico episodio da cui l'ho tenuto fuori. Ho dato a Zach un'overdose di realtà? O invece era giusto e salutare che assistesse al lento approssimarsi della morte? Io sono stato accanto a Giovanni quasi sempre da quando i sintomi sono cominciati, a osservare le sfaccettature di quell'erosione progressiva con la meticolosità di uno scienziato, anche se ovviamente senza il suo distacco. Eppure, quando i muscoli del viso si sono rilassati in un'espressione permanente di sublime sollievo, quando il sorriso ha cominciato a congelarsi, quando il cuore ha smesso di battere, quando lui è andato dall'altra parte, non è stato il passo successivo, quello finale. È stata una cosa che non aveva niente a che vedere con tutto ciò che l'aveva preceduta. C'è stato un salto, qualcosa di completamente altro. Con tutta la mia microcura e microosservazione, che cos'è che so davvero e che posso offrire a Zach?

Ma la porta deve restare aperta. "Tu lo sai dov'è Giovanni adesso?"

"È ancora in ospedale."

"No, tesoro. Giovanni non è in ospedale. È in un posto speciale, che molti chiamano cielo. Qualcuno pensa che stia lassù, sopra le nuvole. Io non sono sicuro. Comunque è talmente lontano che noi non possiamo vederlo. Ma la cosa più importante è che in quel posto Giovanni sta bene ed è molto, molto felice. E questo fa felice anche me."

Prima che Zach possa rispondere veniamo affiancati da un grosso camion. È di quelli che spazzano le strade, i preferiti di Zach. So che la sua attenzione e la sua curiosità saranno dirottate sul miracolo delle enormi spazzole che risucchiano le immondizie e spruzzano acqua. Mi sento sollevato. Nella mia mente ho già provato questo dialogo un milione di volte in versioni diverse, messe insieme con pezzi di letture, dell'analisi, dei consigli degli amici, delle mie intuizioni. Ma nessuna mi sembra soddisfacente, perché, suppongo, quel che cerco di fare è impossibile: fare apparire la morte precoce di una persona cara come una cosa accettabile. Ma non è accettabile. È orrendamente triste.

Quando Giovanni è morto la mia vita si è fermata bruscamente. Ora è passato un anno. Contrariamente a quanto mi aspettavo, io e mio figlio siamo ancora a Roma. La famiglia di Giovanni è diventata la nostra. Abbiamo i nostri amici, la nostra vita. Passiamo le giornate a scuola e al lavoro, le serate a casa da soli o con amici, i weekend al parco o in campagna, per me c'è ogni tanto una serata in compagnia di adulti. C'è varietà, equilibrio, stabilità, felicità, così come immagino che sarebbe stato se invece di due fossimo stati in tre. Ma il registro emozionale è così remoto, così opposto a quello di un anno fa. Come se la melodia fosse cantata in un'altra chiave. In questa "nuova" felicità, ancora non mi sento a mio agio.

Di tanto in tanto Zach se ne esce con una di queste frasi a ciel sereno sulla morte di Giovanni, e io non riesco a capire da quale associazione provenga. Ogni volta mi rendo conto di quanto sia grande lo sforzo di Zach, mentre la mia reazione di stupore e il mio trattenere il fiato mi fanno capire quanto anch'io mi sforzi di accantonarla, perché non può portare da nessuna parte. Come Giovanni, anch'io ho vissuto intensamente, rischiosamente, guardando il pericolo in cagnesco. E, come lui, sono contento di averlo fatto. Non dovrò mai rimpiangere una giovinezza non vissuta. Tuttavia, non riesco a trovare spiegazioni al fatto che alcuni di noi l'abbiano attraversata indenni, illesi. Ho voglia di prendere mio figlio e accompagnarlo lungo la vita, riparandolo con il mio corpo, come uno scudo, da ogni immaginabile pericolo. In lui riscopro le domande. E in lui, spesso trovo delle risposte.

La fine del mondo a Roma

Un racconto di Giovanni Forti

La sera prima della fine del mondo siamo rimasti a casa perché, tanto per cambiare, non riuscivamo a trovare una baby-sitter. Abbiamo finito per vedere il tutto alla televisione. Non so dire se sia stato molto peggio. Se fossimo usciti, avremmo potuto prendere parte soltanto a quello che accadeva per le vie del nostro quartiere, che di per sé è abbastanza noioso. Restando davanti allo schermo, saltellando fra i canali, abbiamo potuto seguire quel che succedeva sull'intero pianeta. Molto più emozionante! Naturalmente, qualcuno dirà che dovevamo portar fuori nostra figlia, come facevano quasi tutti, e che perdersi quella nottata è stato davvero imperdonabile. Ma lei ha abitudini molto particolari quando si tratta di dormire, e andarmene in giro in mezzo a una folla di delinquenti ubriachi con una bambina che frigna era l'ultima cosa che desideravo. In effetti, come abbiamo visto alla televisione, i più erano ubriachi ma non hanno combinato guai. L'ottanta per cento dei poliziotti si è recato normalmente al lavoro. Li hanno spediti a sorvegliare i palazzi di lusso, dove erano in corso *party* favolosi, per impedire alla gente comune di farvi irruzione. Ma in alcuni casi non ci sono riusciti. Davanti al Trump Palace di New York c'era un cronista televisivo sovreccitato che intervistava la gente che entrava e usciva a frotte. C'era un tipo robusto con l'accento di Brooklyn che diceva: "Champagne, salmone, caviale e tutto il resto!" La sua compagna strillava: "Ho in testa la parrucca di Gloria Vanderbilt!" Portava anche un braccialetto che aveva chiaramente preso là dentro. Comunque la parrucca non serviva granché a migliorare il suo aspetto. Aveva il viso rossiccio e butterato ed era tutta accaldata per effetto della volgare eccitazione.

Su un altro canale era in corso un *talk show* con alcuni italiani famosi. Il dibattito era già cominciato da un pezzo. Un guru televisivo magro e calvo con gli occhiali esclamava con veemenza: "Dove siete finiti, profeti di sventura? Ve ne state al coperto, eh? Non c'è stato praticamente nessun crollo della civiltà, salvo l'insurrezione di Rio de Janeiro, che tanto come città era già sull'orlo del caos, e il bombardamento di Israele, ma quella è stata una decisione politica, non la sollevazione di una folla senza volto. Qualche percossa, meno omicidi che in una normale notte di fine-settimana. Diciamocelo: il genere umano sta congedandosi molto più elegantemente di come ha vissuto". Il suo avversario, un grassone con la barba rossa, lo ha interrotto. "Ma no, assolutamente! Dov'è la grandiosità, dov'è il senso della tragedia? Alla gente interessa soltanto saccheggiare e ingozzarsi di cibi raffinati. E, naturalmente, sbronzarsi. Solo cose materiali. Questo schifoso consumismo ha ormai infettato tutto il pianeta e ci sta proprio bene finire così. Dove sono finiti i grandi discorsi? Dove sono finiti i tentativi di trarre una lezione da questa esperienza? Dov'è finito Moravia?" Abbiamo cambiato canale perché il dibattito era noioso. A un certo punto mia moglie, tutta eccitata, ha esclamato: "Guarda! Guarda! Quello è il mio biscugino!" La sua solita imprecisione mi ha infastidito. "Che vuoi dire? Biscugino non significa niente." "Invece sì. È il marito di mia cugina Rita, anzi l'ex marito." "In tal caso, è tuo cugino." "Non importa," ha proseguito lei con un tono volubile che contrastava con la sua flemma abituale. "Ti giuro che era lui. Stava in mezzo a un gruppo di persone e tutti insieme gridavano o cantavano, così": e ha increspato le labbra a forma di "O" per mostrarmi che forma aveva la bocca di suo cugino in quell'istante fatale. Esasperato, sono andato alla finestra, inseguito dal suo cicaleccio: "Incredibile! Vedrai quando lo dico a Rita! Non crederà alle sue orecchie!" Nel cortiletto interno di cemento era in corso un patetico tentativo di far bisboccia. Una fila di persone andavano avanti e indietro ballando la conga: ho riconosciuto il contabile del terzo piano e la coppia della porta accanto, con quella bambina brutta e stupida che a volte giocava insieme a nostra figlia. Anche il loro piccolo mostro era sceso giù in cortile insieme agli altri bambini del palazzo: finalmente potevano camminare sulle aiuole e distruggere tutto come avevano sempre desiderato. Ho chiuso la finestra. Mia moglie stava ancora parlando della sua famiglia e io ho deciso che era ora di tirar fuori lo champagne, una bottiglia di marca che avevo comprato quel pomeriggio. Lei era al settimo cielo. Non credeva ai suoi occhi. La faccia le si è coperta di chiazze rosse. Ho versato lo champagne nei bicchieri a stelo – finalmente un regalo di nozze tornava utile! – e mentre bevevamo, l'atmosfera nella stanza è cambiata percettibilmente. L'aria era soffusa di un bagliore che non proveniva dallo schermo del televisore. Ho cominciato a provarci con mia moglie, un po' per scherzo e un po' sul serio. All'inizio lei era imbarazzata, poi mi è parso che flirtare la divertisse. In quel momento nostra figlia si è svegliata strillando.

Mia moglie si è precipitata nella camera da letto per uscirne subito dopo con un'espressione accusatoria. "L'elefante! Hai dimenticato l'elefante!" Ha afferrato l'animale di peluche ed è tornata dentro; di lì a poco nostra figlia dormiva di nuovo, cullata dalla sua voce dolce e sommessa. Io non ho neppure tentato di aiutarla, ben sapendo che avrei solo esasperato il suo isterismo.

Mia moglie è uscita dalla camera e, disfatta, è venuta a sedersi sul divano. L'incantesimo era spezzato: abbiamo ripreso a guardare la televisione. Non so che cosa fosse successo fra di noi. Io le ero ancora affezionato, ma non più di quanto si può essere affezionati a una sorella anziana e zitella che si occupa di te. Non credo sia stato il fatto di aver partorito a renderla meno desiderabile ai miei occhi. Semmai ero geloso del suo rapporto con la bambina, di quella naturale intimità che io non sono mai riuscito a raggiungere.

Lo schermo del televisore era un barbaglio di immagini e di voci che cambiavano di continuo. Il telecomando era in mano a mia moglie. A differenza di me, a lei piace saltare velocemente da un canale all'altro. Una caratteristica maschile, dicono. Ma io capivo abbastanza di quel che stavamo vedendo. Sui volti della gente, l'espressione di allegria forzata aveva ceduto il posto a una disperazione e a un vuoto così profondi da non poter fare a meno di pensare che ci fossero ben da prima delle ultime vicende. Su un canale stavano trasmettendo in diretta da Vienna un'esecuzione dell'*Eroica*. Ho convinto mia moglie a fermarsi e lei si è addormentata tranquillamente sul divano verde accanto a me. Dopo un po' la testa le è scivolata di lato e ha cominciato a russare leggermente, mentre un velo di saliva le copriva la bocca.

Il mattino seguente, il portentoso crollo della civiltà era avvenuto. Nessuno è andato al lavoro, tranne alcuni operatori della televisione. Non potevano far altro che trasmettere l'immagine fissa di un annunciatore, senza nessuno degli effetti spettacolari cui eravamo abituati. Nostra figlia voleva uscire, così abbiamo fatto un giretto nel quartiere. Il marciapiede era cosparso di oggetti frantumati; c'erano persino dei mobili e molte tazze del gabinetto, come si usa fare nel mio paese a Capodanno. Nostra figlia, incurante, è andata dritta filata al suo playground preferito. Là c'era un gruppo di amichette tutte in ghingheri e infiocchettate, e ci siamo vergognati del suo abbigliamento ordinario. Ma le ragazzine non ci hanno fatto caso e si sono messe a saltare la corda. Le madri, che di solito chiacchieravano allegramente di cose senza importanza, sedevano mute ciascuna accanto al marito. Forse era quell'inconsueta presenza maschile a gelare l'atmosfera.

Dopo pranzo mia moglie ha deciso di sbrinare il frigorifero. Ho cercato di convincerla che era inutile, ma discutendo si scaldava sempre più. "Ma non capisci?" piagnucolava. "È lo stesso atteggiamento della gente che non ha voluto raccogliere le immondizie, che non si è presentata al lavoro. Soltanto se ognuno continua a fare il proprio dovere avremo una chance... una chance..." Ed è scoppiata in singhiozzi, la testa fra le braccia sul piano tutto graffiato del tavolo di cucina. Nostra figlia è andata a darle un bacio sul ginocchio per consolarla, lanciandomi al contempo un'occhiata sghemba piena di rimprovero.

"D'accordo, d'accordo," ho detto io, "sbriniamo 'sto frigo. Magari, visto che ci siamo, possiamo anche ridipingere le pareti del salotto!"

Mia moglie ha sorriso fra le lacrime e si è preparata per andare al lavoro, canticchiando distrattamente un motivetto allegro. I vicini della porta accanto ci avevano invitato a passare la notte da loro, ma abbiamo rifiutato. Dopo una penosa telefonata di mia suocera, ho convinto mia moglie che era meglio staccare il telefono. Nostra figlia stava facendo un sonnellino insolitamente lungo per quell'ora tarda, ed era un bene, visto che la notte avevo intenzione di tenerla sveglia. Il tempo sembrava solidificarsi come gelatina. Ogni volta che guardavo l'orologio, le lancette erano nella stessa posizione di prima. Nostra figlia si è svegliata di cattivo umore, ma quando l'ho strillata non ha pianto. Stava seduta sul suo seggiolino e beveva da una di quelle tazze che non si rovesciano, fissandomi con occhi grandi e spaventati. Alla televisione tirava un'aria diversissima dalla sera prima. Adesso c'erano soprattutto pastori, rabbini e imam. C'era un prete cattolico che tuonava esortandoci a pentirci dei nostri peccati. Era orrendo e affascinante al tempo stesso. Molto più inquietante era un sacrificio umano trasmesso dal Messico. La tv, riflettevo, ha finalmente raggiunto la sua essenza ultima – probabilmente, proprio in quel momento, un direttore di programma chissà dove stava facendo salti di gioia. Per tenere tranquilla nostra figlia ci siamo fermati sul canale dei cartoni animati. Ma alle dieci di sera tutte le stazioni hanno cessato di trasmettere e non siamo riusciti a tenerla sveglia. Con la piccola sdraiata fra di noi sul divano, il torace che si sollevava piano, ritmicamente, ci guardavamo imbarazzati. Sentivo che bisognava dire qualcosa all'altezza della situazione, fare un bilancio della nostra vita, esprimere fede in qualche essere supremo, ma sono riuscito a dire soltanto: "Sei stata una buona moglie". Guardandomi con gli occhi umidi, lei ha risposto: "E tu sei stato un buon marito". Per non svegliare la bambina non ci siamo mossi dal divano. Di quando in quando le accarezzavo le mani. Siamo rimasti seduti lì insieme, in attesa.

Fire Island, agosto 1991 | Giovanni Forti

Indice

Stampa Grafica Sipiel
Milano, settembre 1993